Sofie Zellner

Für Dich zur Freid durch Jahr und Zeit

Grüaß Gott beinand!

Es kann koa scheenas Grüaßn gebm
und des taugt ei in unser Lebm.
Ob „Grüaß di“ oder „Grüaß enk Leit“,
der Gruaß der passt hoit jederzeit.
Und dort wo man sich „Grüaß Gott“ sogt,
wo oana nach dem andern frogt,
da is de Welt in Ordnung na,
is Jung und Oit guat drauf und dra.

Sofie Zellner

Für Dich zur Freid durch Jahr und Zeit

Versal und Gschichtl aus da Bauernstubm
zum Schmunzeln und Sinniern

EBNER

EBNER VERLAG DEGGENDORF

Autorin: Sofie Zellner, Gstein 52, 94547 Iggensbach
1. Auflage, 2005

Umschlagbild: Hinterglasmotiv, Rita Peter, Deggendorf
Illustrationen von verschiedenen Künstlern.

Gesamtherstellung:
Verlag Ebner, Schauflinger Str. 15, 94469 Deggendorf

ISBN: 3-934726-17-8

Zum Geleit

Im Jahre 1995 hat mir Sofie Zellner ihr Büchlein „Nimm da Zeit zum Rasten“ verehrt. In der Widmung findet sich der Halbsatz: Fast moan i, es kannt s'Letzte sein“, dieses ihr fünftes. Es war eine nicht zutreffende Ahnung, denn heuer, zehn Jahre später, liegt der zehnte Titel ihrer Reihe vor, erschienen gerade rechtzeitig zu ihrem 80. Geburtstag. Jetzt versichert sie, es sei wirklich der letzte. Man wird sehen.

Von Wilhelm Busch stammt das nette Wortspiel: „Ein rechter Maler, klug und fleißig, trägt stets n'spitzen Bleistift bei sich.“ Unsere Sofie hat diese Charakterisierung auf die „rechte Poetin“ übertragen, denn auch sie hatte immer Bleistift und Papier bei sich, um, wie sie selber gesteht, in Feld und Flur, in Haus und Stall, auf dem Bulldog oder im Garten Ideen und Gedanken festzuhalten, sobald sie in ihr heranwuchsen. So ging nichts verloren.

Zweierlei zeichnet ihre Bücher in besonderer Weise aus. Einmal der Dialekt, den sie ungekünstelt und unaufdringlich und damit überzeugend benutzt. Bemerkenswert, denn im Regelfall kann die Mundart – wie das Wort sagt – eigentlich nur gesprochen, durch den Mund also, wirkliche Originalität vermitteln, kennt sie doch so viel mehr klangvolle Wörter, als das besonders an Vokabeln so viel ärmere Schriftdeutsch, ohne aber immer die entsprechenden Schriftzeichen zur Hand zu haben.

Das zweite Besondere ist es, wie echt die Verserl und Geschichten sind, die direkt aus der Seele der einfachen Frau vom Lande kommen, der Bäuerin, die in ihrer Art zweifellos zu einer aussterbenden Spezies gehört. Seele, das bezeichnet hier mit einem Wort den Sitz von Gläubigkeit und Rechtschaffenheit, Gemüt, Gefühl und Liebe, Liebe zu den Menschen und zur Heimat, zum Stand auch, dem man angehört. Und sind nicht auch Humor und Frohsinn, Nachdenklichkeit und schließlich Weisheit Kräfte der Seele? All dieses findet man in ihren Geschichten, in Versen und in Prosa. Ich jedenfalls kann mit der Sofie schmunzeln und staunen, mich auch erinnern an selige Kindertage mit glücklichen Stunden auf dem Bauernhof von damals.

So danke ich ihr – vielleicht darf ich das auch stellvertretend für ihren treuen Leser- und Zuhörerkreis tun – für ihr dichterisches Lebenswerk, ihre Einfühlsamkeit und ihren Einfallsreichtum und die Fähigkeit, andere an ihren Gedanken, Gefühlen und Erinnerungen teilhaben zu lassen. Möge auch aus dem „letzten“ ihrer Büchlein für viele Mut, Zuversicht und Hoffnung erblühen.

Dr. Georg Karl
Altlandrat

Zum zehnten Mundartbuch

Es war vor gut 20 Jahren, als Sofie Zellner anfing ihr erstes Mundartbuch zu schreiben.

Ich durfte es miterleben, wie aufregend dies damals für Sofie war. Nicht der Buchinhalt machte ihr Kopfzerbrechen, sondern die Druckfinanzierung und die Ungewissheit, ob sich ihr Buch „Land Leit Zeit“ auch verkaufen lässt. Wenn man nun erfährt, dass von Sofie ihr „zehntes Buch“ erscheint, so bin ich immer mehr stolz darauf, dass ich ihr damals beim Verkauf ihres ersten Werkes helfen konnte. Die Nachfrage nach ihren weiteren Büchern war dann so groß, dass künftig keine weitere Vertriebsunterstützung mehr nötig war. Wenn man nämlich ein Buch von Sofie hatte, wollte man auch immer wieder ihren nächsten Mundartschatz, denn ihre Gedanken und Wahrnehmung des ländlichen Lebens und darüber hinaus sind grenzenlos. Dies ist beim Lesen oder Zuhören ihrer Mundartweisheiten festzustellen. Ruhigen Gewissens kann man sagen, was die Volksdichterin Emerenz Meier für ihren Heimatraum Waldkirchen oder die Autorin des Romans „Herbstmilch“ Anna Wimschneider für die heimatliche Umgebung Pfarrkirchens ist, ist „unsere Sofie Zellner“ für die Bevölkerung im Deggendorfer Land. Obwohl Sofie nun mit ihrem zehnten Buch ihre Bücherreihe abschließen will, dürfen wir aus ihrer näheren Heimat die Glücklicheren sein, weil sie mit ihrem dichterischen Talent noch aktiv unter uns weilt.

Ich hoffe und wünsche, dass Sofie in diesem Jahr 2005 am 27. Dezember froh und gesund ihren „80. Geburtstag“ im Kreise ihrer Familie und Freunde feiern kann.

Schorsch Leitl

Schorsch Leitl

Inhalt

Worterklärungen

Mundart	*Schrift*
mahn	mähen
heing	heuen
leihng	leihen
Droatfeld	Getreidefeld
Ähern	Ähren
Hirgst	Herbst
Gred	Pflaster v. d. Haustür
Joah	Jahr
Kuchl	Küche
oizsam	alle zusammen
verschandln	zu schanden machen
zünftig	lustig
Austragslebm	Ruhestand
mirkst	merken
Unsinns Pfinster	Unsinniger Donnerstag
Moa	Feldgrenze
niggs	nichts
ratschn	reden, tratschen
grealn	grünen
schee	schön
woana	weinen
schmatzn	reden
oiss	alles
Fuada	Futter
Gfrett	Problem
ebbs	etwas
Gschmo	Geschmack
derfst	darfst
Gmoa	Gemeinde
Seng	Segen
Dog	Tag
Summa	Sommer

Mundart	*Schrift*
Hirgst	Herbst
mirkst	merken
Noa	Narr
Hoa	Haare
Boig	Balg, Fell
Mora	Montag
Ira	Dienstag
Migga	Mittwoch
Pfinsta	Donnerstag
Freira	Freitag
Samsda	Samstag
Sunda	Sonntag
em – ebm	flach, eben
Lebm – Lem	Leben
dawihrn	erwehren
gweicht	geweiht
blüahn	blühen
aufbaamt	nach oben ausgestreckt
Handham	Griff, Henkel
dawei – hast du dawei	hast du Zeit
gschusslat	hektisch
Sunn	Sonne
Bleame	Blumen
auf d Heh	auf die Höhe
vej	viel
Wejt	Welt
Gejd	Geld
spejt	spielt
kamsoboid	kaum so bald
nindascht	nirgends

In Freud und Leid

Mel.: Maria Wimmer
Text: Sofie Zellner

1. In Freud und Leid durch Jahr und Zeit, ob Son nenschein ob Re-gen in
2. In Freud und Leid durch Jahr und Zeit, am A-bend und am Morgen, mit
3. In Freud und Leid durch Jahr und Zeit, so ge-hen wir durchs Le-ben, tag-

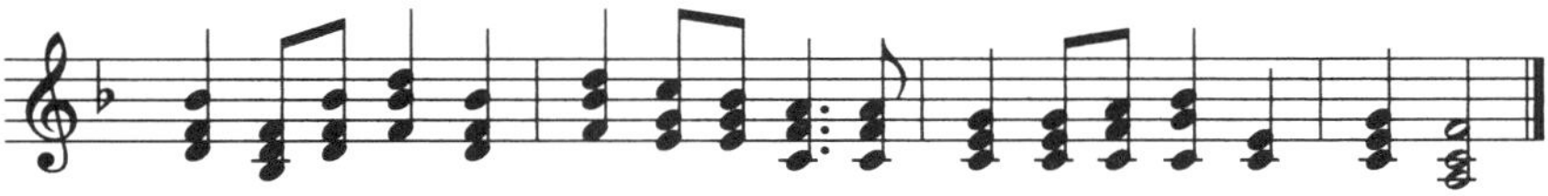

Müh und Ar-beit früh und spät, o Herr gib dei-nen Se-gen
Froh-sinn und mit Hei-ter-keit ver-ja-gen wir die Sor-gen.
ein tag- aus in Got-tes Hand nur nach dem Gu-ten stre-ben.

Zum Anfang

(A so kanns dir geh, wennsd Dichter wern mechst.)

I muass einfach schreibm, sehgts
es treibt mi dazua,
dat mia moi niggs eifoin,
dann gib i koa Ruah.
Erst han i in Feld gschriebm
aufn Bulldog, in Stoi,
und in meina Kuchl,
woaß Gott überoi.
Es hat net oiss eipasst
ins Versmaß, in Reim,
so iss hoit im Anfang,
s braucht Antrieb und Keim.
Die Kinder, d Familie,
kannst allerhand hern,
jeds Lebm hat sei Gschichtl,
jeds Versal sein Stern.
Gar oft an Erlebnis
hat Spuren eigschriebm
in s Herz und mei Dasein
zum Aufschreibm mi triebm.
Und so sand die Verserl
und Gschichtl hoit worn,
besinnlich und lustig,
aus Freude geborn.
Man braucht hoit an Anstoß,
a Inspiration,
es schaffts a Spekliera
net leicht aufn Thron.

Guten Morgen

Die Nacht ist um, es grüßt der Morgen,
vergiss für heute deine Sorgen
und freu dich, dass du aufgewacht,
aufs Neue dir die Sonne lacht.

A guata Rat

Mit Herzensfreid gehst leicht durchs Lebm
sie is wia Medizin
und Frohsinn macht des Lebm dir reich
bringt Zinsn und Gewinn.

Morgengebet

Danke für den Morgen,
und auch für die Nacht,
dank dir lieber Herrgott,
dass ich aufgewacht.

Schenk an diesem Tage
Frieden mir und Ruh
und auch deinen Segen
liebster Vater du.

Daniela und der liebe Gott

„Jetzt war ich dort, wo alle Leute Grüß Gott sagen“,
hat die kloa Daniela gsogt.
Doch – mei Mamma sagt, es gibt keinen Gott,
so hat s des Kind erzäjht (erzählt),
„doch moants, wo kommen wir dann her,
woher die ganze Welt?“
Gar boid drauf iss in Urlaub gwen im scheena Bayernland
is oft und gern spaziern ganga
mit Mami an der Hand.
Und sovej Leit habm „Grüaß Gott“ gsagt,
wia kimmt denn des nur grad,
ja wenns den Ma doch gar net gibt
warum song de Grüaß Gott?

De Gschicht hat s Kind speklierat gmocht –
de habm an Gott ganz gwiss,
ob der iatz grad im Bayernland – net aa wo anders is?

Eine wahre Begebenheit,
aufgeschrieben von Sofie Zellner

Muattersprach

De Sprach, de verbindt uns
de Leit mitn Land;
de Sprach gibt uns Hoamat
wia d Musi und s Gwand.

Und drum, liabe Leitl,
lossts enk net beirrn,
lossts d Mundart net aussterbm
net untermeniern.

Es wird oft verfälscht scha
de Muattersprach heit
und da dran sand schuldig
mia oizsam, mia Leit.

Modern

Modernisiert wird oiss zur Zeit,
obs di iatz ärgert oder gfreid.
De Muattersprach, do geht's schon a,
ja wia ma de verschandln ka.
Doch alle Wörter aufzuführn
de unsa Sprach untermeniern
des loss i iatzat liaba bleibm,
dua aus Protest
oft Mundart schreibm.

Oiss im Lebm

Schauts, oiss im Lebm hat hoit sei Zeit.
Die Trauer, Frohsinn, Schmerz und Freid.
Suach dir de liachtn Stundn aus
so kimmst a bissal leichter draus.
De hartn Dog in unsern Lebm
aa de hot uns da Herrgott gebm,
drum seid s net traurig, net verzagt,
in Gotts Nam man oiss leichter tragt.

Gedanken

Die Jahre vergehen,
die Stunden, die Zeit,
dazwischen da liegen
auch Freude und Leid.
Halt fest die Minuten
in Sonne und Licht,
sehr leicht oft ein Sturmwind
das Ganze durchbricht.
Du denkst nicht wie schnell dass
entschwindet dein Glück,
kein Beten und Bitten
bringt es noch zurück.

Gedanken

Ich träum mir so gerne
die friedvolle Welt
wo Freundschaft und Liebe,
Gemeinschaftssinn zählt.
Ich träume so gerne
von Freiheit und Glück,
o Herrgott lenk gütigst
uns Zeit und Geschick.

Koa Träne?

Ja woan ohne Tränen,
koa Tropfn im Gesicht,
ja woan ohne Tränen,
doch s Herz moanst, es bricht.

Ja woan ohne Tränen,
hast des scho erlebt?
Ja woan ohne Tränen,
koa Sunnstrahl di hebt.

Doch wenns an der Zeit is,
lass eah freia Lauf,
nach Weh und nach Tränen
geht d Sunn wieder auf.

Wortklaubereien

Wennsd ganz schrecklich brav bist
und unheimlich schee
und wahnsinnig lustig,
wer soll des versteh.

Wennsd ganz narrisch gscheid bist
und z dout frisch dazua
und aufdraht saugrantig
s gibt z Denka grad gnua.

Die Wörter kannst panschn,
ja des is a Sach,
moi zünftig moi granti
so is unsa Sprach.

Lesungen

Ja Lesungen de gibts recht oft
von namhaften Autorn,
gar mancher Mensch der is einfach
zum Vortrang echt geborn.
Bei mir gibts aa scha oftmois gern
a Lesung für mein Ma,
an Grund find i zu rechter Zeit,
dass eahm d Levitn lesn ka.

Zum Heimatliteraturpreis 2003

An Vogl han i kriagt,
ganz kurz in mei Lebm.
I sollt eahm a Bleibm gschwind
bei mir dahoam gebm.
Er singt net und pfeift net,
doch mi hats recht gfreid,
de Ehr gibts net oi Dog
für uns kloane Leit.
Er sitzt auf an Büachl
mit stolzer Statur
und wacht über d Hoamat,
sei Literatur.
Er muass wieder wandern
no iatz in dem Joah
von oan Platz zum andern
wias ollerweil woa.
Bei manch großn Dichter
war er scho zu Gast,
zur Freud und zur Ehr gwiss
gar niamois zur Last.
Und sand de Dog aus iatz,
muass er wieder geh,
de Zeit, liaba Vogl,
mit dir de war schee.
Du hast doch so reich gmocht
mei dichterischs Lebm,
hast mi ganz schee aufbaut
und des kann di hebm.
Dafür sog i „Dankschee",
was könnt i sonst mehr.
Fliag weiter, mei Vogl,
im Landl umher.

Der arme Poet

A Gschichtl – a Verserl
und mia foit niggs ei,
a Brettl vorm Hirn oft,
des kann di net gfrei.
Und brauchst du ganz dringend
a Vortragsgedicht
grad dortnd, da funkt niggs –
a saudumme Gschicht.
Gedanken, a Thema
muasst ganz fest spekliern,
denn oiss muass sein Zopf habm,
sonst kanns neamd kapiern.
Da sehgt mas wias oftmois
de Dichtersleit geht,
a ganz a arms Luada
is so a Poet.

Beliebt und unvergessen

Fast jeder Künstler auf der Welt
hat einen Fanclub heut,
für ihr Idol durchs Feuer gehn,
das ist der Trend der Zeit.
Auch ich hab einen Silberstern
und oft ist er mir nah,
weilt nicht mehr bei uns Lebenden,
doch trotzdem ist er da.
Er ist Garant für Lebensmut,
für Seele, Geist und Leib,
als Wasserdoktor weit bekannt:
Pfarrer Sebastian Kneipp.
So sollt ihr leben, sagte er,
natürlich, einfach, echt,
dann ist das Leben lebenswert,
sprach Kneipp dereinst zurecht.

Wir Frauen vom KDFB

Wir Frauen einen uns zur Tat
in Dorf und Stadt und Land
und ist ein Mensch in Pein und Not,
dem reichen wir die Hand.
Familienprobleme oft
sind uns bekannt, vertraut,
es ist kein Weg zu schwer, zu weit,
wenn man zum Herrn aufschaut.
Wir wollen wach und tätig sein,
uns engagiern zur Zeit
als starke Fraun bei unserm Bund,
echt dialogbereit.
Es gibt viel Elend auf der Welt
wohin wir schaun und gehn,
gib Herrgott uns den Blick dafür,
dass wir es spürn und sehn.

Landfrauenlied

Text: Sofie Zellner
Melodie: Maria Wimmer

Bauernverband-Austragler-Treffen

Ja lang iss her seit mia mitnand
in Amt und Würden gwen,
wia schnej hat sich die Zeit verrennt,
man braucht net drüber re(d)n.
Schee langsam san ma älter worn,
doch oid, – san mia no net,
sand allweil fest im Gschirr dahoam,
wo oiss voi Arbat steht.
Moanst oft, es waar erst gestern gwen,
de Zeit mi(t)n BBV,
guat, dass ma uns moi wiedersehn
nach Joah und Dog – genau.
Wia schnej kimmt die Erinnerung,
dir foit so manches ei,
ja schee iss damois oft scha gwen,
des derf uns heit no gfrei.
Wars aa oft net grad leicht de Zeit,
Probleme hats scha gebm,
doch des duat uns heit nimma weh,
in unsern Austragslebm.
Mia wünsch ma, dass de Bauersleit
mit Viehzucht, Flur und Woid
uns recht lang no erhalten bleibm,
des mocht sich ganz gwiss zoiht.
Da Bauer steht für Brauchtum und
Kultur in unserm Land,
drum schick ma a Gebet auf d Höh
für unsern Bauernstand.

Da Hausfreund

Da Fasanagockl Stuzl –
des is fei scha a frecha Wuzl.
Beim Reinhold und der Mariann
da zoagt ers scha, wos er oiss kann.
Dack – dack klopft er frech an die Tüa
hab Hunger, gibts da niggs dafüa?
Die Hausfrau schimpft „hör auf des Schrei,
du kriagst scho ebbs in Schnobe ei“.
Da Gockl denkt – des sog i dir
ga-ga des is fei mei Revier.
Scho meine Ahndl habm da glebt,
längst eh dass ös zum Baun aghebt.
Drum kimm i olle Dog, dack-dack,
und schau und klopf, herts zack, zack, zack!

Net ganz bei da Sach

Mecht i a Verserl zimmern – Leit –
dann haut des oft net hi,
traktier mein Geist, mei Hirn net schlecht,
a Plog is des für mi.
Fast so als wia wennsd betn mechst
kannst di net konzentriern,
da Fankerl bringt di allweil draus,
mechst eahm a Watschn schmiern.
Doch da muasst di fest zsammreißn
weil des dann zletzt vergeht,
wirst sehng schee langsam wirds dann liacht
und d Sunn vor deiner steht.

Mi gfreid a jeda neie Dog
in Ollerherrgottsfrüah,
den mia da Himme schenkt im Lebm,
sog jedsmoi Dank dafüa.
Wennsd ohne Schmerzn, Müah und Plog
in Frohsinn aufsteh kannst
und dir so Stund um Stunde gern
an Weg durch d Arbat bahnst.
Da denk i mir im Stillen oft,
es könnt leicht anders sei,
net jeder Mensch hot so a Glück,
drum derfst dich drüber gfrei.

Ins neie Joah

A neis Joah gibt uns iatz de Händ,
mia wünsch ma, dass a Liachtl brennt
für jedes Häusl, grouß und kloa,
und des net grad in unsrer Gmoa.
Da Seng vom Herrgott uns begleit,
dogaus, dogei, durch Joah und Zeit.
Im gegenseitigen Verstehn,
solln mia ins neue Joah eigehn.
Dann waar des Lebm gwiss lebenswert
und Freud und Friede auf da Erd.

Da nei Kalenda

I han heit an Kalenda kriagt
und gschenkte no obmdrei,
den häng i in mein Stübe auf,
er sogt ma s Joah, des nei.
Ganz vorn trogt er die Jahreszajh,
i streich eahm über s Gsicht,
ja seine Blattl hamd im Joah
für mi a bsonders Gwicht.
Denn gar niggs brauchst so notwendig,
is wichtig in ran Haus,
als grod so a Kalenda hoit,
da kennst di oi Dog aus.
Du woaßt an jedn Wochadog,
jeds Monat, Summa, Hirgst,
du kannst eahm a ebbs anvertraun,
wosd dir sonst oft net mirkst.
Du woaßt wann Frühlingsanfang is
und wia des Joah vogeht,
du kannst die heiling Zeitn sehng
und wia da Mo(nd)schei steht.
Du findst an jedn Namensdog,
as Liesal, Sepp, Kathrei,
ob Lini, Marie oder Hans,
ja so ebbs kann die gfrei.
Des oiß sogt mei Kalenda mir,
de Dog jahrei, jahraus,
drum ghört a so a wichtigs Ding
ganz gwiss in a jeds Haus.

Die Heilign Drei Könige

Meist is um des Dreikönigsfest
an Christbaam aus sei Zeit,
da zünd ma s letzt Moi d Kerzn an,
vergessn d Weihnachtsfreid.
Die Heiligen Drei Könige,
de war scha vej dran gleng,
sie habm net Weg und Wetta gscheut
des Jesuskind zum sehng.
Der Kaspar, Melchior, Balthasar,
wissts Leit, wo de iatz sand?
Zu Köln im Dom d Reliquien
a Ehr für unser Land.
Und mia feiern im Januar
des heilig Kirchenfest,
des uns oi Joah aufs Neue gwiss
an die Herrn denka lässt.

Gedanken

Gar manchmoi mechst dass d Zeit vergeht
so schnej als wiara Blitz
und oft mechst as gern aufhoitn,
doch des, des is a Witz.
De Zeit losst si net antreibm und
net bremsn in dein Lebm,
des kann nur der ders gmocht hat gwiss
ders uns zum Dasein gebm.

Faschingsmuffel

I bin da Huabazwickl-Lenz,
na, na i bi koa Faschingsstenz.
In Unsinnspfinster echt geborn,
bin i a Faschingsmuffel worn.
Des Lacha, na des liegt mir net,
weils in koan Evangeli steht.
Des strengt doch grad de Muskln a,
de zoihn das hoam, des sehgst dann scha.
Wos is denn so a Faschingsnoa,
do graupn si vom Glatzkopf d Hoa.
Bin i als Muffe net so dumm,
i drah an jedn Pfenning um.
Schind um an Boig scha gern de Laus
und seltn kimmt mir s Locha aus.
Han i in Sock koan Pfenning Gejd,
so bleib i doch a Muffehejd.
Und schrein d Leit no so laut helau,
und lossnd aus de Maschkrasau,
mia is des ganz egal und wurscht,
i kauf ma niggse für mein Durst.
Ja, ja do schau i net lang um,
i gib koa Gejd aus, bi net dumm,
weil i a Faschingsmuffe bi,
des is de höchste Freid für mi.

An Frauenbund-Gockl sei Faschingsplog

Wo sand denn meine Henna?
Des waar ja no des scheena,
so sogt da Beirat-Gocklha,
ja, bis ma de moi zsammtreibm ka,
des is fei scha an echte Plog,
woss ollweil treibm, iatz i mi frog.
Er spreitzt de Federn und de Flüh,
hats scho net leicht, der Kikeriki.
Doch sunst sands meist recht guat zon braucha
und doant an Beirat seltn schlaucha.
Hamd oft de bestn Stund und Zeitn
und doant net allweil brumma, streitn.
Sie wissnd Rat, doant d Meinung kund
zur rechtn Zeit, beim Frauenbund.

Lauter Sprüch

Entweder oda, Katz oder Kota,
sie kimmt eah net aus, frißt jeder gern d Maus.

Is ghupft als wiara gsprunga, dasufa, datrunga,
af d letzt bist hoit hi, koa Rettung für di.

Ja dümmer gehts nimma, sogt d Nanni zum Hans,
da Sepp der zahmts s Ross a, hintn beim Schwanz.

Her und aufn Baam aufi, wos kann denn des sei,
da Waidla moant iatz pack mas gschwind,
schmatzt net lang um an Brei.

Deifi tauscht, sogt da Giargl zo da Lies,
weil des zwoat Wei net bessa wia de Erste gwen is.

Hoibat hinum, hoibat herum, do drah i koa Händ um,
kannst na a so schnaddern, sis oa Buad Hadern.

Oiss für d Katz

Da Sepp des is a gstandna Ma,
doch er schofft sich a Katzerl a.
A kloana Streuner is de Katz,
suacht sich an guatn Fuadaplatz.
An Sepp sei Wei, wos gits, wos gatz
duat oi Dog oiss für d Katz, für d Katz.
Drum losst sich d Katz nimma votreibm
und mog recht gern bon Sepp dobleibm.
Doch gibts scha oft a weng a Gfrett,
de Katz schloft gern in Sepp sein Bett.
Da fragt da Sepp scha ebbs darna,
denn des, des is fei net sei Gschma.
Drum schimpft er s Wei, mei liaba Schatz,
du duast ja oiss für d Katz, für d Katz,
vergiss dabei fei net ganz mi,
des Katzerl is dann amoi hi,
und des is für di a koa Trost,
wennsd du grad oiss für d Katz ta host.

S Kre(n)-Miazl

(Geeignet auch als Einzelvortrag zum Fasching
oder lustigen Anlässen.)

Grüaß Gott, liabe Leitl, s Kre-Miazl is do,
wer braucht an Kre heit, wer kauft ma ebbs o.
Recht fleißig trog i meine Krewurzln aus,
brings rundumadum in jeds Hüttal und Haus.
Wenn iatzat in Mora de Wocha ageht,
glei vorn unsa Gmoa auf mein Arbatsplan steht.
Da Buagamoasta der kimmt z vorderst zerst dra,
ja weil der oft eh nimma pfugatzn ka.
Der braucht gwiss a Krewurz, da gibts do koa Frag,
an ganz an frisch griebna a Stüpe oi Dag.
In Iara, do pack i an Pfarrer dann glei,
den reib i sei Kuchl mit Kredüfterl ei.
Wia do drauf in Sunda sei Predi dann zündt,
treibt o d Leit zon Beichtn, versteck neamd a Sünd.
De Frauenbundweiba an Vortrag i hoit,
denn do mocht mei Gschmatzat sich mehra wia zojht.
Wia do drauf de Manna dann wieder pariern,
de Krewurzlnvorträg de muass a jeds gspürn.
In Miricha roas i auße in d Leitn,
do schreins ma eh scho oizsam von da Weitn.
Und erst na de Fuaßballer-Damenmannschaft,
da gibts a Rezept, des verleiht eah a Kraft.
A Löfferl voi Kresaft mit Heni agmischt,
wia dea den Sportgeist und de Muskln auffrischt.
Bei Huastn, Wossersucht und Rheumaties
ja do hejft mei Krewurz de Krankn ganz gwiss.
An Schwindl wennst hast, wenns di juckt und recht blaht,
de Gicht und Kopfsausn dass di grod draht,
gej do wirkt mei Kre fei de höchstn Wunda,
ob Feierdog, Wera und aa in Sunda.
Schauts, neilich hätt oana an Meerrettich möng,
do drendat beim Kramer in Unterstoaweng.
Drauf sog i, du windigs, dürrs Kasloabe du,
geh kauf dir a Krewurz und gsund bist im Nu.

Wirst as scha sehng wia di der umatreibt,
koa Pfoatz in dein Wampe no hänga drin bleibt.
Ja überoi Leitl, wenn i des enk sog,
bin i auf da Umfuah und scheig a koa Plog.
Sogoa amoi d Disko han i inspiziert,
Bua, da hamds mi schleunigst glei außebugsiert.
As wia wann i gar net do einitaung tat,
da Kre doch so gsund für die junga Leit wat.
Nimmst oi Dog a Schnöpfe von mein rassn Kre,
wirst goa nia net bucklat, bleibst hundert Joah schee.
Da Herrgott, so moan i, dea hot sich ebbs denkt,
sonst hätt er uns doch net de Krewurzn gschenkt.

Wer kennt die Zeit?

Wer kennt denn die Zeit scha,
wer kann sie beschreibn,
sie kennt koane Grenzn,
koan Stillstand, koa Bleibm.
Sie kennt gar koa Müadsei,
net Dog und net Nacht,
die Zeit kennt koa Zeit net,
obs woant oder lacht.
Oft mechst dass sie ganz schnej
verschwindt und vergeht,
und oft da solls steh bleibm,
so schickst dei Gebet.
A jeder Mensch kennt sie
die Zeit wia des Moa,
doch mancher woaß oft net
wos grad damit toa.
Und wenns iatz koa Zeit gab,
dann waars aa net schee,
wann dat ma dann kemma
und wann wieder geh?

Damals

An Stoi voi Küah, Stier und Kaiberl habma ghabt, damals wia ma no amtierende Landwirte gwen sand. Auf Grund dessen hat sich scho ebbs grührt auf unsern Bauernsachl. Zum Beispiel wenn sich grad wieder amoi so a lumprischer Stierbumerl selbständig gmocht und beim Stubmfenster einagafft hat. Oder wenn da Nandlkuah ausgrechnet bei da Nacht s Kälbern eigfoin is und i mir zwecks dera hartn Geburt beim Kaibalziahng s Knia auskeglt han. So tragisch iss oba net oiwei zuaganga, sis aa scha vorkemma, dass uns in da Früah beim dienstlichen Stoigang a neis Familienmitglied im Kuahstoi begrüaßt hat.

Gar oft foit ma a Gschichtl ei über des i heit no locha muass.

Es is scha spat auf d Nacht gwen, mia wollt ma uns grad zum Bettgeh fertig mocha, da klopft ebba ganz energisch an unsa oide Haustür. Mia sama net schlecht daschrocka, wia ma d Tür aufgsperrt habm. Da steht a fremda Ma vor uns und moant in gepflegtem Hochdeutsch: „Gehört das Kälberl Ihnen?“ und hat auf des Viecherl zoagt, des er bei de Ohrwaschl ghoitn hat.

Ja freilich hots uns ghert. Es hat mit a paar andere Rindviecha mitn bei da Nacht an kloana Ausflug gmocht.

A paar tausnd Henna habm mir zu oin andern aa no aufn Hof ghabt und drei Lausdiarndln, de an Stammhalter ersetzn habm müassn. Wia i amoi zum Oareisammeln in Hennastoi kemma bin, hat unsa kloane Elisabeth d Arbat scha verricht ghabt. Sie hat die ganzn Oar eigsammelt und aufn Bodn hin gworfa, weils de Henna eh a so gschmeckt habm.

Ja, des warn damals scha lebhafte Zeiten, wenn ma grad aso zruckdenkt. Heit is oiss stader worn, auf unsern Bauernhof.

Maria Lichtmess

Text und Melodie von meiner Tochter Maria Wimmer

Fasten

Ja iatz is wieder Fastenzeit,
drauf stelln mia uns schon ei,
es kann doch gar niggs nützlicher
wia grad des Fastn sei.
De Kalorien weniger,
fürn Durst a Wasser grod,
des hat Sebastian Kneipp scha glehrt,
wia recht er heit na hat.
Doch müass ma mia beharrlich sei,
die Vorsätz net grad habm,
zur Tat solln mirs a umsetzn,
net z früah uns selber lobm.
drum Leitl nutzts de Fastnzeit
für Körper Seel und Geist,
dann wirds enk glei vej besser geh,
da Lebmsmuat des bweist.

Fastenzeit

Net allweil dran denka
ans Essn oi Dog,
sonst wird dir des Fastn
erst recht zu na Plog.
Net lang drüber ratschn
und net lang sinniern,
sonst kannst di vor Hunger
schier nimma dawihrn.
Dich selbst überlistn,
dein Magn und dein Sinn,
erst dann wird des Fastn
Erholung – Gewinn.

D Osterbeicht

Mei iatz kimmt wieder d Osterbeicht,
de hat mi oft scha gschlaucht,
doch wenn i grad so spekulier
dann hätts des doch net braucht.
Sis damals gwen, scha lang iss her
wia i a Schuikind war,
Beichtunterricht und Kommunion
Gewissnsplag sis klar.
Verbrechen aus der Kinderzeit
habm mi im Traam traktiert,
omei is des a Marter gwen,
hans oi Dog besser gspürt.
Bis endlich dann da Beichtdog gwen,
i woaßs no ganz genau,
wia i vorn Beichtstuih gstandn bin,
o du mei liabe Frau.
Han nimma gwisst na hint und vorn,
grad gwacklt hamd ma d Knia,
auf oamoi han i niggs mehr gspürt,
wos war denn los mit mia?
Doch nachra kurzn Ewigkeit
war i dann wieder do
und Englstimmen habm mi trong
so han i gmoant dano.
Bewusstlos bin i zsammbrocha
vorm Beichtstuih vornat dra,
da Pfarrer hat mi gsegnet drauf,
a Gaudi war des scha.
Doch desweng is mir d Beichterei
daspart bliebm z Fleiß grad net,
und heit denk i na jedsmoi dran,
wenn d Osterbeicht asteht.

I gfrei mi

I gfrei mi oi Joah scha
wenns wärmer wird draußd.
Wenn d Kältn, da Schneewind
net goa so stark haust.
Wenn oi Joah vor Ostern
de Palmgart wern gweicht
und d Sunn a weng wärmer
auf d Erd oba leicht.
De Bauern um d Arbat
sich rantn und müahn
und draußdat im Gartn
de Schneeglöckerl blüahn.
Wenn d Kinder scha Nesterl
fürn Osterhas baun
und mia nach de Schwaiberl
boid olle Dog schaun.
Ja des gibt an Auftrieb,
an Lebmsmuat de Leit
und i han do oi Joah
de allergrößt Freid.

Josefidog – 19. März

Sepp, sogs an Sepp
dass da Sepp an Seppn sogt,
dass er da Muatta s Hoiz eitrogt.

De Sepperln wünsch i ollezsamm
dass s heit an Grund zum Feiern ham.
I wünsch eah Gsundheit, Glück, koa Plog
und net grad am Josefidog
durchs ganze Joah, dogaus, dogei
soll enk des Lebm na recht stark gfrei.

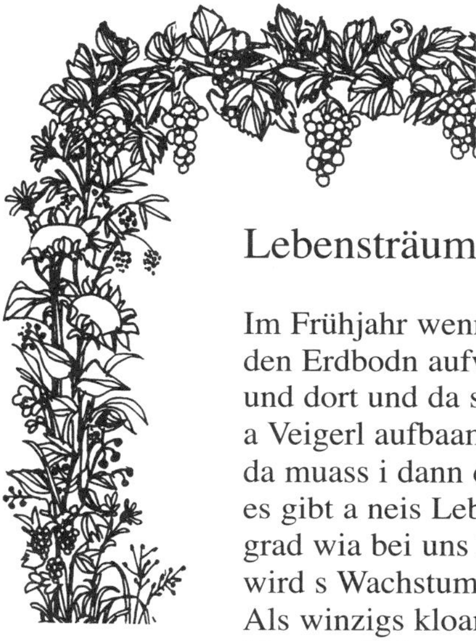

Lebensträume

Im Frühjahr wenn d Sunn uns
den Erdbodn aufwaamt
und dort und da sich scha
a Veigerl aufbaamt,
da muass i dann denka
es gibt a neis Lebm,
grad wia bei uns Menschn
wird s Wachstum sich hebm.
Als winzigs kloans Binkerl
kimmst du her auf d Wejt,
wo Schönheit und Reichtum
oft s allermeist zäjht.
Dann wochst wiara Bleamal,
blüahst auf und gedeihst,
wia d Weintraubm im Sommer
ehs der Frost dann vereist.
Wenn i a so nachdenk
und scharf spekulier
dann kimmt mir d Natur echt
wia s Menschnlebm via.
A Wern und a Wochsn,
a Blüahn und Vergehn,
gar niggs auf da Welt da
bleibt ewig bestehn.

Bruder-Konrad-Lied

Von meiner Tochter
Maria Wimmer

Frühlingserwachen

De Schneeflockn tanzn
im Frühlingswind froh,
drauf denk i mir hoamlich
geh schleichts enk davo.
S is gwen scho Josefi,
ös seids nimma gfragt,
weil d Erd so wia oi Joah
nei austreibt und tragt.
Da Winter muass roasn,
sei Zeit is vorbei.
Da Frühling mocht rundum
oiss blüahrat und nei.
Des gibt uns an Auftrieb
a ganz a neis Lebm,
umsonst hat da Herrgott
des Fruahjahr net gebm.

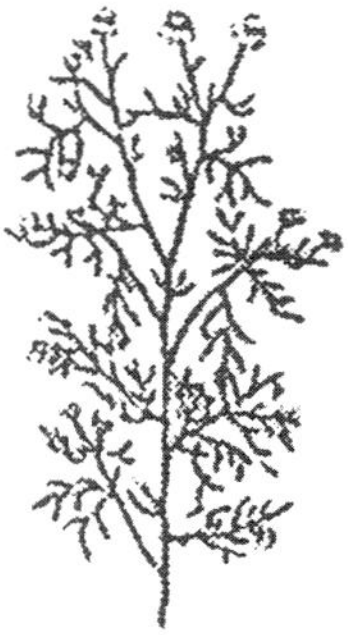

Frühlingsaufmarsch 2005

Ob de woih a Versammlung hamd, han i mir hoamli denkt.

Schwarz oglegt ollezsamm, grod gwurlt hats auf da Wies de nach dem langa Winter schö langsam wieder zon Grealn agfangt hat. I moan scha, es sand eah an de Hundert gwen, umananda ghupft sands als obs a Training hättn. I han mir gsogt, de Greana sand des gwiss net, obwohl a se a scheens Platzerl in der Natur nebn da Straß als Landeplatz ausgsuacht habm. Und schaa goa net, weils olle so an schwarzn Frack oghabt habm. Eher han i mir eibejdt, kemmans von der CSU-Partei, weng deara Farb. Grad schee iss gwen, der Gsellschaft zum Zuaschaun. D Miaznsunn hat se gspiaglt an eahran scheen glanzatn Gfieder. So ebbs sehgst net olle Dog. Da hoitst gern stad mitn Auto und schaust de lustign Krahnichl a bissal zua.

Frühlingsgedanken

Es waht der Frühlingswind, juhe,
vorbei de Kältn und der Schnee.
Die Vogal habm scho eahna Freid,
im Auswärts is de scheena Zeit.
Doch ziahgt der Mai iatz dann ins Land
mit Blüah und Bleame ollerhand
hat er oft na an Frost in Sock,
den hoit da Landwirt gar net mog.
Doch sand die Eismanna vorbei
stellt sich de Sunn dann wieder ei.
Des gibt an Auftrieb Land und Leit,
dass jeds dem Mai die Sünd verzeiht.

D Fruahjahrsmüdigkeit

Iatz hätt i gmoant da Frühling
is wiara Medizin,
bringt neues Lebm und Auftrieb,
bringt Freid uns und Gewinn.
Dabei bin i oft müad grad
als wiara oida Gaul,
ja is des iatz da Frühling,
mocht der mi so stinkfaul?
Doch neilich han i ghört moi,
es mocht ma zwar koa Freid,
s gibt ausgrechnet im Fruahjahr
die Frühjahrsmüdigkeit.

Wünsche zum Frühling

Und wieder zog ein Frühling ein,
mit ihm ein neues Leben,
zu frischen Taten animiert
wird Mensch und Flur sich heben.

Laß du o Schöpfer unsrer Welt
dies Jahr zu Nutz uns werden,
nicht Hunger, Not und Elend sein
der Menschheit Plag auf Erden.

Wohnprobleme

Zwölf Wohnungen in unsern Haus,
sie habm net gfragt, da waars scha aus.
Es sand a paar als Vorspann kemma,
doant inspiziern, in Augnschein nehma
und nach dem Einzug, liabe Leit,
da gehts erst auf als wia net gscheid.
Boid sand des mords Familien worn
ja sogts – wos habm de da verlorn?
Die Wohnungen – wer hot eahns bstellt,
ja hamand de zum Zoihn a Geld?
A Gaudi mochans her als wia
und oft scha in da Herrgottsfrüah.
Und koana geht von de aufs Klo
z todärgern könnt ma sich da scho.
De ganze Gred voi Dreck dapatzt,
koa Wunder, wenn da Krang dir platzt.
Wer mecht scha söcha Wohnungsleit,
des bringt doch gar neamdn a Freid.
Doch nimmst as hin wenns di a spannt,
weils doch de liabn Schwaibal sand.

Die koite Sofie

Oi Joah grad in der scheenstn Zeit
da bringt der Mai uns gar koa Freid.
Du brauchst zum Pflanzn vej Geduid,
ja und wer is iatz da dran schuid?
De „Eisheiling“, wia mia so song,
weil de einfach koa Wärm vertrong.
Da Pankraz, Serfaz, Bonifaz
habm ausgrechnet da eahra Hatz.
De koite Sofie na hintdrei,
des is ja direkt glei zon Schrei.
De „böse Sofie“ han i ghört
und des, des is fei scho echt gschert.
Ganz gwiss kann sie da niggs dafüa
geng s Gfrern bei Nacht und in da Früah.
Man haut hoit gern auf Weiber drauf,
ob i mir net de Spitzbuam kauf.
De Manna solln die „Heiling“ sei
und d Frauen hauns in d Pfanne ei.

Prost zum Vaterdog

Ös liabn Muattern ollezsam
und Kinder, passts iatz auf,
s gibt aaran Dog dem Vater z Ehrn,
er gfreit se gwiss scho drauf.
Da wird echt gfeiert wia sichs ghert,
des steht de Vatern zua,
sie habm doch sonst durchs ganze Joah
mit uns zum Rackern gnua.
Mia brauch ma unsre Vatern oft,
s ganze Joah, dogaus, dogei,
und drum a „Prost" zum Vaterdog,
mia doan uns aa mitgfrei.
An Herrgott dat ma bittn na,
für unsre Vatern oi,
dass er eah no vej söcha Dog
mit uns zsamm schenka soi.

Muatterdog

So olle Joah zur gleichn Zeit,
da habm de Muattern eahra Freid.
Rund umadum im ganzn Land
is gwiss da Muatterdog bekannt.
De Medien, Reklame-Gschroa,
gar mancher Ma lobt d Frau sogoa.
Des ghert sich so am Muatterdog,
da muass mas zoang dass man sich mog.
Iss a net allerweil a so,
s gibt sogar zua scha oft a Ma.
Wenn i Jahrzehnte zruckaus denk,
dort hats net gebm a so a Gspreng.
Doch Muattern hats allweil scha gebm,
sonst datn mia ja goa net lebm.
Jedoch warns dort echt kinderreich
de Muattern, heit grad zum Vergleich.
Doch jedes Muatterherz iss wert,
dass man es feiert, lobt und ehrt.

Mamabua

A Mama is hoit a gfragte Person in der Familie.

Sie is zum Kocha, Putzn und Organisiern unentbehrlich. Doch so stark wie da Stefan sei Mama braucht, des gibts net in jeder Familie.

Dass so a Mama aaramoi fortroasn muass is doch leicht erklärlich. Des mecht dem Buam einfach goa net einleuchtn.

Aus dem Grund moant er wia d Mama wieder amoi unterwegs gwen is ganz treuherzig: „Mei liabe Zeit, an ganzn Dog ohne Mama!"

Des is ja aa verständlich, wo doch der Bua im gleichn Monat erst 18 Joah oit wird, und da soll er an ganzn Dog ohne Mama bleibm?

Des moant an Stefan sei Oma
die Zellner Sofie.

Soferl – Zofe, Sofie, Sofia

Erst bin i des kloa Soferl gwen,
zwoa Dog nach der Geburt,
den Nam hot mir da Pfarrer gebm,
drum sands in d Kircha gspurt.
Doch schnej rennt hoit die Zeit dahi,
oa Joah ums anda gschwind
und boid drauf bin i Zofe worn
und aus iss gwen mi(t)n Kind.
He, Sofie, Sofie, hams ma gschrian,
wo steckst, wo bleibst oiwei?
Wenn rundum oiss voi Arbat steht
und di kann neamd daschrei.
Die koide Sofie hoaßts im Mai,
grad wia da Volksmund sogt,
doch d Eismanna sand da dran schuid,
„mia“ wern da drum net gfragt.
Und des hat mi sinnierat gmocht,
denn neilich han i ghört,
dass der Nam wunderschee sei kann,
oft spricht man grad verkehrt.
Sofia song de feinern Leit,
mia hat des imponiert,
ja so hat mia no nia neamd gschrian,
glaubs net, das des no wird.

Gugaza

Ja hinta mein Fensta da schreit da Kucku
und er schreit in oana Dua „Kucku, kucku“.

Do woaß i, dass des ganz ebbs Bsunders bedeit,
ja weil iatz da Gugaza goar aso schreit.

Da Bua kimmt, sogts s Deandl voi Liab und voi Freid,
ja weil heit da Gugaza goar a so schreit.

Daleits na a Maß, weil da Gugaza schreit,
hast Gejd in dein Sack, s is a wachsade Zeit.

Und bin i en Hoiz draußd und hör an Kucku,
hupft s Herz voller Freid mir, dann sing i „Juhu“.

Ja hinta mein Fensta da schreit da Kucku
und er schreit in oana Dua „Kucku, kucku“.

Mein Aufenthalt im Klinikum Deggendorf

A unseroans wird amoi krank,
zwar net sehr oft, na Gott sei Dank.
Zwoatausendfünf im scheena Mai
da bringans mi in d Klinik ei.
Auf Deggndoaf hams mi eigschickt,
der Einzug is dann ganz schee glückt.
Erst hamans gmoant des haut net hi,
des duat uns fei echt Leid für di,
du bist doch heit na goa net gfrogt,
mia sama eh z dout gstresst und plogt.
Zletzt nach a langa Warterei
kim i zur Untersuchung ei.
An ents Trum Aufwand so für di,
da denk i mir, schau nimma hi.
A Haufa Appraturn und Zeig
und i bin eh voi Angst und feig.
Hot gscheppert, grumpelt auweh zwick,
wennst des dapackst, dann hast a Glück.
De Doktorn de warn liab und nett,
doch nehmans di scha ins Gebet.
Ja des is gwen da erste Streich,
da nächste ja, dea folgt sogleich.
Für den Dog, moan i, is a Ruah,
hamd eh scha gwerklt nettas gnua,
des host da denkt wias oft so is,
de Überraschung kimmt dann gwiss.
Zur Geisterstund de selbi Nacht,
da kimmt ganz hoamli staad und sacht
a Doktor an mei Kranknbett,
ja de habm scha mit mir a Gfrett.
Er frogt und frogt, wia bei na Beicht,
na Pfüat di Gott, des war net leicht.
Wia neigierig de Herrn doch sand,
da wird oiss ausgschmatzt, gricht und plant.
Da Bluatdruck, Röntgen, EKG,
i woaßs net mehr wos oiss oje.

Am Montag dann, den andern Dog,
is lang net goa na de ganz Plog.
Angst und zittern, wartn, wartn,
morng da floingan dann die Schartn.

Ja morng, da werns mi operiern,
den Wehdam dua i heit scha gspürn.
Am nächstn Dog hauts na net hi,
sie hamand na koa Zeit für di.
Drum songs iatz muasst na laufa, springa,
na, Gott sei Dank, nur grad net singa.
A Bluat brauchans z guat Letzt na goa,
doch grad oi Spritzn, so a poa.
Ja und dann bricht da Dienstag an,
den i net recht stark mitkriagt han.
Den Dog, den streich i aus mein Lebm,
er kann mir koa Erinnerung gebm.
A tiafa Schlaf, wos soll i song,
so is der Eingriff zum Datrong.
A Ader hams ma einipflanzt,
durch de mei Bluat iatz wieder tanzt.
Erst hats mi scha a wengl zwickt,
doch s Operiern des is scha glückt.
Drum sog i „Dankschee“ den Doktorn,
i fühl mi iatz wia neugeborn.
De Schwestern, die mich pflegt, betreut,
de g’opfert für mi Kraft und Zeit,
de schliaß i in mei Betn ei,
so hi und da wird des scha sei.

Die Zellner Sofie

Net aufgebm

Ja oftmois bist ganz untn,
dass s tiafa nimma geht,
moanst dass iatz grad zum Ärger
a Berg vor deiner steht.
Oiss is um di so finster,
so koit als wiara Schnee
und mechst den Berg dakraxln
kimmst einfach net auf d Heh.
Doch Gott sei Dank, so bleibts net,
es gibt aa guate Dog,
de di dann wieder aufhebm,
dass leichter wird de Plog.
Da Berg wird allweil kleana,
du packstn gar mit Schwung,
heit sogst dir gibts an Sunnschein
und i fühl mi so jung.

Meine Pfingstgedanken

Wia oft han i scha spekuliert,
mein Geist, mei Hirn echt strapaziert.
Zum Herrgott gschickt mei Bittgebet,
dass er mir doch zur Seitn steht.
Oft brauchat i den Heiling Geist,
den rechtn Weg – dass er mir weist.
Gedanken, geistvoll und mit Sinn
als Treffer und als Hauptgewinn.
Da derfat s ganz Joah Pfingstn sei,
für mi, dann dat mi s Dichtn gfrei.
Vom Heiling Geist schee inspiriert,
dass echt a Spitznleistung wird.

Mei Arbeitswoch

In Mora do fangt d Wocha a,
in Ira bin i net guat dra.
In Migga zäjh i d Arbat zsamm,
in Pfinsda, wos ma sonst no ham.
In Freira gibts a Fastnspeis,
in Samsda putzn, so a Sch…(windl)…
In Sunda i koa Arbat mog,
denn da, da is mei Feierdog.

Schmutzfink – woher – warum?

So hin und her und auf und ab,
moi hoch und nieder hopp, hopp, hopp.
Grad wiara Wiesl gscheid und flink,
den gfreid sei Lebm, den kloana Fink.
Is sauber und schee glatt frisiert,
passt auf dass er koa Dreckspatz wird.
Wos bejdn sich de Leit denn ei,
„a Schmuckfink kann a Mensch grad sei“.

Im Juni 1998

Iatz jahrt assi wieder wia damois im Juni unsa Diarndl gstorbm is. Sie is erst vierundreißig Joah oit gwen und hat a Kindl mit fünf Monat unterm Herzn trong, wias plötzlich zsammbrocha is.

„Oma, schnej, d Mama kann se nimma hejfa“, hat unsa kloans, sechsjährigs Enkal gschrian und gwoant hats, dass da s Herz hätt brecha möng.

Doch oiß is scho z spät gwen. Neåmd hot unsa Elisabeth mehr zruckholn könna. Mei Mo hat gsogt: „Du schau amoi, wia aufgschreckt dass d Taubn umananda floing.“

Gschrian hams, de Viechal und a Gaudi hams gmocht, als ob d Wejt untageh mecht. Des Gschroa hat sich oghört als obs owei „wo Liesi, wo Liesi“ gurrn datn.

Iatz sand seitdem scho Jahre verganga. Ja, d Zeit und oiß vergeht, doch so ebbs kannst nia und nimma vergessn!

Ladst du dir Urlaubsgäste ein

Da Urlaubsgast mecht Kini sei,
dann wirdn aa sei Urlaub gfrei.
An oide Weisheit stimmt ganz gwiss,
es gfreid sich der, der Kini is.
Und d Freid de bringt oiwei an Seng,
in dem Fall is scha vej dran gleng.
Habm d Urlaubsgäst des erst moi gspannt
wia schee dass s is in unsern Land,
dann is des klar, dass s eah do gfoit
in unsern greana Bayerwoid.
De Seen, de Berg, de Hugl, Toi,
des Lebm und d Leit so überoi.
De Dörferl, Wanderweg dazua,
Erholung findt da Gast grad gnua.
Und Feste feiern s is bekannt,
des braucht da Mensch in unsern Land.
So gfrei ma uns hoit ollezsamm,
dass mia iatz des begriffa ham.
Da Urlaubsgast bei uns im Woid
des mecht ma scha, dass s dem da gfoit.
Den soin de Dog bei uns gwiss gfrei
und er derf gern aa Kini sei.

Fürbitten zum großen Frauentag 15. August 2005 Handlab

Zu Maria wir heut gehn, hör uns bitten,
hör uns flehn.

Maria, o Mutter, wir bitten und flehn
alle, die wir heut in Andacht hier stehn.

Lass uns auf deine Fürsprache baun,
auf dass wir in Zukunft dem Leben noch traun.

Lass Einkehr uns halten von der Hektik der Zeit,
trotz allem Leben um dein Heiligtum heut.

Lass uns auch die Sorgen der Mitmenschen sehn,
die Traurigen, die Verfolgten, die Einsamen trösten, verstehn.

Wir bitten für alle in Krankheit und Pein,
verleih ihnen Kraft, lass sie hoffnungsfroh sein.

Für alle die Hungernden, die Rechtlosen auf Erd,
für die Kinder, die misshandelt, geplagt und entehrt.

Gib Kraft unserm Volke im Umbruch der Zeit,
dass wir zu Verzicht und Reformen bereit.

Für die Regierenden in Kirche, Gemeinden und Staat,
lass sie die Macht nicht missbrauchen, schenk Umsicht und Rat.

Für die vom Terror bedrohten Menschen auf Erd,
dass Gott Vater die Friedensbitten und Gebete erhört.

Für die Völkergemeinschaft den Frieden der Welt,
auf dass mehr Verständnis – Gemeinschaftssinn zählt.

Für Papst Benedikt in schwieriger Zeit, dass der Segen unserer
Lieben Frau von Handlab ihm Kraft und Gesundheit verleiht.

Für alle Verstorbenen aus unseren Reihn
lass sie bei dir im ewigen Frieden sein.

Bring du, o Maria, die Bitten zum Thron,
uns Gnade erflehen beim Vater und Sohn.

Erinnerung an den Kardinalsbesuch in Handlab 1996

Joseph Kardinal Ratzinger
vor dem Gnadenbild
in Handlab

Hör i von seiner Heiligkeit
Papst Benedikt oiwei
in Presse, Fernseh, Radio,
foit mir des Gschichtl ei.
Denn 1996 am Frauendog iss gwen,
hat uns der Kardinal aufgsuacht,
doan iatz oft drüber re(d)n.
S is gwen a Jubiläumsfest
für unsern Wallfahrtsort,
d Erinnerung de lebt bis heit
in meinem Herzen fort.
Dreihundertfünfzig volle Joah,
so han i damals gschriebm,
gibts unser Wallfahrtskircherl scha,
sis uns als Zuflucht bliebm.
Und i han dort echt wunschgemäß
die Fürbitten ausdenkt
und neben dem Herrn Kardinal
sie gern dem Herrgott gschenkt.
Und heit is dieser Ehrengast
zum Heilgen Vater gwählt;
mia wünsch ma eahm no recht vej Joah
zum Segen für die Welt.

Da lacht der Sommerhimmel

Wenn die Schwalben von der langen südlichen Reise zurückkehren und auf unserem Bauernhof wieder Loschie beziehen, ihre alten Nester – so an die fünfzehn bis zwanzig Eigentumswohnungen im Stall und unter dem Dachvorschuß – am Wohnhaus neu wohngerecht herrichten, ja dann liegt eine fröhliche und wachstumsreiche Jahreszeit vor uns.

Wenn unser Kater, der Mucki, bis auf die Knochen abspeckt, wegen der hübschen Miezen auf unserem Anwesen und in der Nachbarschaft, dann freue ich mich jedes Jahr, weil sich damit der schon immer näher rückende Sommer erahnen lässt.

Wenn die Sonne mit jedem Tag früher aufgeht und ihre immer wärmer werdenden Strahlen auf die Erde schickt, dann gibt es an allen Ecken und Enden wieder neues Wachstum und neuen Auftrieb. Dann dürfen sich besonders diejenigen Menschen glücklich schätzen, denen ein Garten oder eine Wiese vorm Haus zur Verfügung steht. Was gibt es Schöneres, als morgens durch das taunasse Gras zu springen, dem Gesang der Vögel zu lauschen, so um Johanni über Felder zu schauen und dem lieben Gott für jeden neuen Tag zu danken.

Wenn dir diese Möglichkeiten geboten sind, dann hast du bestimmt ein kleines Stück vom großen Glück auf dieser Erde geschenkt bekommen.

Europameisterschaft
Fußball-EM 2004

Sehgts Leit i bin scha total gschafft,
im ganzn Haus oiss Fuaßboi gafft.
Niggs Gscheids kann koana iatz mehr denka
und koana mehr a Zeit dir schenka.
Denn oisse draht si um den Boin,
des kann mir fei net allweil gfoin.
Und knüpf i mir mein Ma moi voa,
dann schreit er – iatz hams na koa Toa.
Wos bildn si denn de nur ei,
des derf doch nia a Fuaßboi sei.
Gar niggs mehr kannst mit dem Ma schmatzn,
eahm duat do grad des Fuaßboi tratzn.
A Bussl, na – und des is woah,
da schoiß i iatz bei eahm koa Toa.
Doch setz i ei mei ganze Kraft,
auf d Letzt han i de Moastaschaft!

I kannt mit mein Herrgott
auf Hochdeutsch net re(d)n,
i kannt hoit goa nia song
ach wie ist das schön.
I sog hoit ganz einfach,
er wirds scho versteh,
so wia ma bei uns schmatzt,
Herrgott is des schee.

Im Herbst

De Blattl de fludern
im Herbstwind durchs Land,
rot-gelb und braun angmoin
von göttlicher Hand.
Sie leng sich zum Sterbm hin
auf Straßen und Flur,
an Gruaß na zum Abschied
schenkt uns die Natur.
S is olle Jahr s Gleiche
im Auswärts des Wer(d)n,
im Herbst dann des Welkn,
wer hat des scha gern.
Doch des Auf und Nieder
im Rhythmus der Zeit,
des richt unser Herrgott,
net mia kloana Leit.

Niggs derf bleibm auf dera Wejt

Oft moan i, i waar trotz de Joah
net oid, na voller Schwung,
doch wenn i mi dann anschau so,
i bin hoit nimma jung.
Denn d Hoa de sand scha grau worn längst
und müader no da Gang,
de Sehkraft de losst aa scho aus,
mei des woaß i scho lang.
De Krampfadern sand a Problem,
ja damit muass ma lebm,
a so a Schönheitsfehler kann
di wirklich nimma hebm.
Vergesslich wirst und wunderlich,
doch des, des sehgt man net,
am bestn woaßt as du alloa
wias um die liegt und steht.
Am gscheidstn iss, du gibst di drei,
wos nutzt denn s Kritisiern,
denn goa neamd kann des aufhoitn,
jeds Bleamal muass verblüahn.

De vierte Jahreszeit

Novembernebel steing auf d Heh
und boid gibts wieder Frost und Schnee.
De Felder san scho laar und blank,
da Bauer sogt sein Herrgott Dank
für oisse wos sei Land eahm gschenkt,
für d Sunn und Reng wenn ma so denkt.
Da Winter steht iatz vor der Tür
und mocht oi Dog a Schrittl für.
Er mocht a bissal staader d Leit,
es hat hoit oiss im Lebm sei Zeit.
Da kannst niggs ändern, niggs verdrahn,
alloa da Höchste hot den Plan.

Um Allerheiling

Wenn Allerheiling, Allerseeln
scha wieder näher kimmt,
dann wiss ma, dass aa des Joah iatz
schee langsam Abschied nimmt.
An Abschied ohne Wiederkehr –
oft duats a bisserl weh,
so dassd am liabstn bittn mechst
„bleib no a wengal steh!“
Doch du kannst gar niggs festhoitn,
des hast net in de Händ,
weil Wer(d)n und Sterbm
und Nout und Freid
alloa da Herrgott kennt.

Die Heiligen – Helfer in der Not

Mia denk ma an die Heiligen
so hi und da im Joah,
wenn mia grad moi an Trost brauchan,
dann kimmt des leicht scha voa,
dass ma a Bitt zu eahna schickt,
woaßt nimma aus na ei,
am End dann sie uns beistehn goa,
des kannt vielleicht scho sei.
Da gibts de vierzehn Nothelfer,
zwar hams koa Telefon,
d Verbindung ei ins Himmereich,
de kriagst dann scha zum Lohn,
wennsd dei Gebet zu eahna schickst,
dazu um Beistand betst
und in der oft so groußn Not
a weng mit eahna redst.
Zum Florian, wenns grad moi brennt,
des muass dann ganz schnej geh,
denn so a Feier des is gschwind,
du Heilger bitt di schee.
Der heilige Antonius,
wia oft ruaf i den a,
ja wenn i wieder ebbs verloren
und nimma findn ka.
Ja unsre heilgen Nothelfer,
de habm gwiss z toan grad gnua
mit uns de arma Bittsteller,
da kriangs niamois a Ruah.

Allerseelen

Wia lang wirds na dauern
denk i mir jedsmoi
beim Gang aufn Friedhof,
mei Herz is so voi.
Voi Wehmuat und Trauer,
i denk an de Leit,
wia sie na am Lebm gwen
mit Weh und mit Freid.
Heit deckt sie da Erdbo(d)n
recht fest und warm zua,
sie habm iatz an Friedn,
die ewige Ruah.
Wia lang wirds no dauern,
boid san ma beinand,
doch des woaß da Herrgott,
s hat neamd in da Hand.

Am Lebensende

Es gibt weder Ängste noch Sorgen,
seit du diesem Leben entflohn.
Es gibt weder Hunger noch Elend
beim Vater am himmlischen Thron.
Doch wirst du uns fehlen auf Erden,
hast immer das Beste gewollt,
der Herrgott er wird dich belohnen,
nicht messen am irdischen Gold.

Gedanken zum Volkstrauertag

Ein Heldenlied Erinnrung weckt
an längst vergangne Zeit,
an Schulkamraden – lang ist s her,
zurück denk ich noch heut.
Wir waren damals Schüler, jung,
zusammen in der Klass',
mit Plagen und mit Lernkummer,
nicht immer gab es Spaß.
Kaum dass für uns die Schulzeit aus –
der Krieg zog in das Land
und meine Schulkamraden einst
sie nahm man bei der Hand.
Zur Wehrmacht und ins Feindesland,
der Treueeid war Pflicht,
sie kämpften für ihr Heimatland,
ein „Nein" das zählte nicht.
Und oft sein junges Leben gab
so mancher Kamerad –
am Ende dann gar an der Front
„ein stilles Heldengrab".
„Volkstrauertag" all Jahr im Land –
vergessen kann ich nie
die Schulkamraden aus dem Dorf,
muss beten oft für sie.
Sie waren alle noch so jung,
das Leben nicht gelebt,
gib Herr, dass jedes Volk auf Erd'
nach Fried' und Freiheit strebt.

Dezember

Kahl und leer sind Wald und Flur,
von Licht und Wärme keine Spur.
Selten noch ein Vogelsang,
Schnee und Eis, wer weiß wie lang.
Kalt und dunkel ist die Nacht
bis ein neuer Morgen lacht.

Der Adventkranz – wos sogt er uns?

A Kranz aus greane Tannazweig,
a Kranz den jeder kennt,
bringt uns an Winterwoid ins Haus,
sagt an uns den Advent.

Vier Kerzn wern dann aufigsteckt,
de habm scho eahran Sinn,
so vier Stationen unsrer Zeit
führn uns zur Weihnacht hin.

So gehn ma eini in Advent
mit Zuversicht und Freid,
wolln in de Finstern s Liacht eitrong,
aufhelln de Weihnachtszeit.

An Michebauern Sepperl sei Weihnachtsplätzerlplog

Doan Plätzerl bocha, Plätzerl bocha,
kimmt s Christkind scho de nächste Wocha.
Doch is s an Ausred wenn i s sog,
weil s Christkind goa koi Plätzerl mog.
I derf an Wurmsam aufi toa,
dazua bin i fei nimma zkloa.
Mei Schwesterl hert net ums verrecka,
duat niggs wia schlecka, schlecka, schlecka.
Die Angebrenntn iss i glei,
dass koana kriagt de Speiberei.
Da Vata, ja dea süaße Bengl,
der moant er waar a Weihnachtsengl
und eahm stehn olle Plätzerl zua,
da kriagt er einfach goa nia gnua.
Erst unsa Flock, da freche Spitz,
der saust scha grad als wia da Blitz.
Er moant, dass eahm de Zdetschtn ghörn,
dabei mechts i genau so gern.
Mei Mama sogt des is zum Schrei
mit enk, de Plätzerlbackerei.
Ja Plätzerlbocha im Advent,
koa Muatter – de des Kreiz net kennt!

Vom Wunder des Friedens

Ein Wunder von Frieden
stell ich mir gern vor,
für alle die Menschen
ein offenes Tor.
Dass Sterne des Friedens
die Herzen erfreun
mit mildem und warmen
hell glänzendem Schein.
Weit über die Grenzen
der Länder hinweg,
ja weit über Meere
und Brücken und Steg.
Ich glaub an das Wunder
vom Frieden und Glück,
von Heimat und Freundschaft,
vom Himmel ein Stück.
Lass dies, lieber Herrgott,
nicht Träume nur sein,
lass doch dieses Wunder
die Menschheit erfreun.

St. Nikolaus

Wenn d Dog scha wieder kürzer wern
und d Nacht schier nimmt koa End,
dann wiss ma, dass die Zeit da is,
mia song ganz schlicht „Advent“.
Macht Kerzenduft die Wohnstuben,
die Herzen warm und weit,
ja dann gfreid Jung und Alt sich scha
echt auf die Weihnachtszeit.
Dann schlong die Kinderherzen laut
so voll Erwartung bang,
denn iatz kimmt boid da Nikolo,
mi(t)n Strafzettl oft lang.
Der heilige St. Nikolaus,
a seelenguata Ma,
doch oft wird er recht bös hingstellt,
wofür er gar niggs ka.
Sei Hoamatland – Kleinasien,
nur Guates hat er gleist,
grad wia die Schrifterzählung uns
echt wahrheitstreu beweist.

De arme Mettnsau

A arme Sau, de Mettnsau,
so spekulier iatz i,
des Weihnachtsfest
des wird ganz gwiss
a Trauerfest für sie.

Is aaramoi a Faki gwen,
recht gscheid und liab obmdrei,
doch schnej iss grouß und größer worn
und d Leit duat des recht gfrei.

Sehgts, des is unser Weihnachter,
so song sie ungeniert,
dass des für d Festdog, liabe Leit,
a guata Bratn wird.

Doch i könnt woana bei dem Fest
und s Herz duat mir so weh,
mei Faki muass als Mettnsau
den Weg in d Bratrain geh.

Weihnachtswetta

A Weihnachtswetta mecht ma hobm,
grad wias zon Fest hoit ghert,
a Weihnachtn voi Glanz und Liacht,
des uns a Freid beschert.
Mia mecht ma Schnee und Rauhreif hobm,
dazua a wengl koid,
doch aa net zvej von olledem,
grod wias uns oizsamm gfoid.
Es soll an kloana Sunnschei gebm,
so dass da Harscht schee glanzt,
ja mia mecht ma a Wetta hobm,
zum Weihnachtsfest wia gstanzt.
Bei Nacht da solln vej Sterndl steh,
da drobm am Firmament,
de sich schee spiagln auf da Erd,
wenn ma de Christnacht nennt.

Wenns…

Wenns oft recht gfrert und stürmt und schneibt,
da Wind de Schneeflockn hertreibt,
da Frost de scheenstn Bleame moit
und d Nacht so gschwind auf uns herfoit,
da gspürst in dir a staade Freid,
denkst hoamli an die Weihnachtszeit
und dann erstehn si oi Jahr wieder
die schönstn Volks- und Weihnachtslieder.

S Liacht der Weihnacht

Iatz Leitl zünds de Liachter a
und mochts de Herzn weit,
denn wieder naht wia olle Joah,
die heilge Weihnachtszeit.

A Zeit voi Liacht und voller Wärm
bringt Hoffnung ei ins Lebm,
wird net de Kinder grad alloa
de froh' Erwartung gebm.

Ja und des Liacht soi nia vergeh,
aa wenn vej Schatten steht,
es wird doch wieder Weihnacht wern,
d Wejt no net untergeht.

Und des Verständnis unter uns
soll oiwei größer wern,
erst dann glanzt unser Weihnachtsfest
als wiara liachter Stern.

Vorbei

Des Joah schrumpft wiara Kerzndocht,
scho wieder iss soweit.
Wo is nur grad de Zeit higrennt,
vorbei de Weihnachtsfreid.
Vorbei der Fest- und Liachterglanz,
des neie Joah klopft a,
du muasst eahm Ghör und Einlass gebm,
sis allerweil aso.
Gehts guat iatz oder gehts danebm,
du woasst as net wos kimmt,
sollst d Zeit in d Händ vom Herrgott leng,
weil er alloa bestimmt.

Gedanken

Kaam is de Weihnachtszeit vorbei
hat s Joah sich eigstellt scha des Nei,
s Heiling-Drei-Kini-Wossa gweicht,
is Fasching, boid kimmt d Osterbeicht.
De Narrnzeit bringt oiss durchanand,
dass d Leit oizsamm stocknarrisch sand.
Gwiss brauch ma dann de Fastnzeit,
de staader mocht und zfriedner d Leit.
Und Liachtmess ghert zum Bauernjahr,
san Deanstbot aa scho Mangelwar.
A so saust gschwind de Zeit dahi,
woaß Gott woss bringt für di und mi.
Mia schick ma a Gebet auf d Heh,
des Joah soi doch guat umi geh.

Neujahr 2005

I wünsch enk oiss Guate
fürs noglnei Joah,
net Kummer und Sorgen
solln enk ebbse toa.
Doch Glück und vej Sonnschein
soll da Herrgott enk gebm
dahi durch die Zeit na
und durch des ganz Lebm.

Mei Firmgodn

Erst iatz, weil mei Firmgodn des Zeitlich gsegnet, des hoaßt, sich auf die letzte Roas in d Ewigkeit gricht hat, is in mir ganz stark die Erinnerung an mein Firmdog aufgstieng.

I kann mi no ganz guat erinnern, wias mi a paar Wochn vor dem denkwürdign Dog scho mehrmals gfrogt hat: „Ha Diarndl, hast scho a Firmgodn?“ Auf Grund dessn, sama mia, mei Mami und i, dann kurzentschlossn zo da Klaffinger Nanni ins Godnbittn ganga und d Nanni hot „ja“ gsogt.

Als Mitbringsl habma an feina Kuacha dabei ghabt. Mei Godn is in an scheena großn Bauernhof dahoam gwen. Da, wos nebm allerhand andere Viecha aa no stolze, rassige Pferdl ghabt habm. Net grad Sau, Küah, Bummerl und Henna, so wia mia auf unsern kloan Anwesn. Und grad weng dene rassign Ross han i mit meina schneidign Godn, auf ana Kutschn mit zwoa flinke Traber vorn dran, zur heilign Firmung auf Hengersberg in d Rohrberg-Kircha fahrn derft.

Des is vielleicht an Erlebnis gwen. No glei größer als wia de ganze Firmungszeremonie. Ja und nachdem der Herr Bischof den heiling Firmungssegn auf uns obagruaffa ghabt hot, hat des Firmungsfest erst richtig angfangt.

So guat hat mir s Essn in mein ganzn Lebm nimma gschmeckt, als wia damals an mein Firmungsdog. Und dann is d Godn mit mir einkaufa ganga. A wunderscheens Hoisketterl han i kriagt. Des han i so in Ehrn hoitn, dass s heit no, nach sovej Joah, an Ehrenplatz in mein Schmuckkastl hat. Ja, und wos mir mei Firmgodn no kauft hat, des hat ganz bestimmt net glei wieder a Firmkind kriagt, an ganz an vornehma weißn Summahuat han i aa no kriagt. Mei, des is erst a Freid gwen. Da Huaterer hat uns des wertvolle Ding in a scheene Huatrogl eipackt, wos uns dann allerdings bei da Hoamroas zum Verhängnis worn is. I wollt nämlich unbedingt den feschn Huat no moi anprobiern und aufsetzn. Dieweil da Bruada von da Godn d Ross antreibm hat müassn, habm mia an Huat außa von da Rogl und s Kranzl ei in d Rogl. An Huat aufgsetzt und dabei muass uns da Wind d Huatrogl davon gwachlt habm.

Also han i zwar an scheena neia Huat von da Firmung hoambracht, jedoch mei Kommunionkranzl verschlampt.

Ja, und iatz is die Beerdigung von meina Godn und i steh am Grab und denk an damals, an d Firmung nach so langer Zeit.

I wünsch meiner Godn a guate Roas in den ewign Friedn, a wenns desmoi ohne Ross und Kutschn is.

Kamsoboid (kaum so bald)

Ja kamsoboid hot s Joah angfangt,
is aa scha wieder Mai,
doch Leitl mochts enk fei koa Sorg,
des derf uns eher gfrei.

Und kamsoboid is Summa gwen,
haut er boid wieder ab
und kamsoboid sand d Schwaiberl do,
kimmt scha da Hirgst im Trapp.

Und kamsoboid bist auf da Welt,
iss na so liacht und schee,
ja kamsoboid hast a weng glebt
muasst aa scho wieder geh.

Moanst kamsoboid a Fremdwort waar,
doch hats bei uns sein Platz,
denn echte Mundart des derfts glaubn
de is und bleibt a Schatz.

Handham

Mei Haferl hot a Handham,
a Handham hot mei Gschia,
i nimms fest bei da Handham
zur Suppn in da Früah.

Und s Degerl hot a Handham,
mei Milihaferl aa,
doch bricht eah amoi d Handham,
liengs dortad auf da Strah.

Ja hätt des Gschirr koa Handham,
wia nahm mas dann in d Händ?
Drum braucht jeds Ding sei Handham,
kunnt sei dass di sunst brennt.

Ja unsa Flocki is a Hund,
er is recht kloa und kuglrund
und wenn eahm dann grod amoi schrei,
da kimmt da liabe Flocki glei.
Er jagt de Katzn oftasmoi,
ja wos er gar net derf und soi.
Er zwickt und beißt, ja wenn is sog,
weil er koan Radlfahrer mog.
Doch sonst mag i mein Flocki gern,
duat er aa manchmoi goa net hern.

Johanna

A feina Hund

Wer liegt denn in mein Zimmer drin,
an Flocki-Hund hauts her und hin.
Eahm ghert do drin da Poistastuih,
iatz ruckt zu eahm a andra zui.
Da Flock is narrisch durchanand,
ja dass der Mensch des goa net spannt?
Jahrzehnt han i mei Wohnrecht scha,
wos bejd sich denn grad ei der Ma!
Iatz hätt i gar an Zimmerherrn,
da mechst doch glei stocknarrisch wern.
Und wenn des aa da Hausherr is –
den beiß i fei, des woaß i gwiss.

S Findlkind

Da Rambo, wos a Rehbock is
im Kindesalter na,
als winzigs Packerl hamsn bracht,
da war er scho arm dra.
Im Holz draußd is er gfundn worn,
elendig und stark krank,
doch er hot glei an Pflegplatz kriagt,
na Gott sei Lob und Dank.
Iatz is er scho a liaba Kerl,
d Familie is sei Stern,
dass er liebkost und gstreichlt wird,
des mog der Lump recht gern.
Drucktn da Hunger grod amoi,
sitzt er vorm Kühlschrank broat,
da duat er fei da Hausmuatta
scho echt a bissl load.
Drauf kriagt er glei ebbs Guats kredenzt,
des woaß der Spitzbua scha,
wos glaubst, wos so a kloana Kerl
so oiss verdrucka ka.
Er woaß aa wo da Brotschrank is,
a Rehbock is net dumm,
wo bleibt denn nur mei Brotzeit heit,
doats enk a bissal um.
Ja so a Viecherl is ebbs Scheens
und olle hams recht gern,
doch wos wird aus dem Findlkind
moi in da Freiheit wern?

„Bire“

Es is net aso, dass mia Bauernkinder s Bittn net glernt hättn! Doch wenn i a bissal zruck denk an mei Schui- und Kinderzeit, dann foin ma de Ferien und mei Cousine ei. Sie is a Stodtdiarndl gwen und hat a bissal vornehma gschmatzt als mia Bauernkinda. Zum Beispiel, wenns amoi ebbs net verstandn hot, hats oiwei „bire“ gsogt und i han mia goa net vorstelln kinna, wos des bedeitn hätt solln. Bis i dann endlich amoi dahinter kemma bin, dass des „bitte, sogs no amoi“ hoaßn soi. Wo ma mia doch in dem Fall meistns „wos“ oder „ha“ gsogt habm. Es hat wirklich net gschadt, dass mia Kinder vom Land sozusagen spielerisch von de Stadtkinder a kloans bissal ebbs von da Hochsprach mitkriagt habm. Doch des faule „bire“ statt unsern scheen „bitte“, des gfloit mia heit no net.

Dawei – dawei !! ??

In unsrer Mundart song ma oft
geh hast du net dawei,
i brauchat di ganz gschwind a weng,
kimm hoit moi schnej vorbei.
Dawei, dawei, wer des versteht
is Mundart, Dialekt,
a Preuß dat song „versteh ich nicht“
dawei, wie das wohl schmeckt.
„Dawei“ hoaßt niggs wia Zeit, ja Zeit
und de braucht jeds im Lebm,
da Herrgott hat die Zeit sogar
de schlauen Preußn gebm.

Die Zahl „Drei“

Ja olle guatn Ding sand drei,
des Sprichwort foit mir oftmois ei.
Zwar mecht es schier gar nimma hern,
de Drei, de mog i net recht gern.
Und drum sogs i ganz ohne Reu,
de Drei, de is mei Unglückszajh.
A geh, so sogt mei Ma dazua,
eibejdrisch bist du ja grod gnua.
Doch woaß i des fei ganz bestimmt,
dass oa Pech net alloane kimmt.
Bei mir, s ka goa net anders sei,
da kimmt nach Oans, de Zwoa und Drei.
Passiert mir a Deliktikum,
dann woaß i, glei kimmt s nächste Trum.
Drauf is ganz gwiss de Drei net weit,
wo mi a bsondrer Wehdam gfreid.
Und duat mir des a goa net gfoin,
dass grad de Drei spejt so a Roin,
von Zeit zu Zeit in mein kloan Lebm,
da Herrgott hat mirs einfach gebm.
I han scho Angst, wenn ebbs passiert,
dass draus a Dreierpackl wird.
Und längst woaß i des iatzat scha
und sagt aa oft „schau auf“ mei Ma,
passierts mir trotzdem oans, zwoa, drei,
des kann doch net mei Glückszajh sei.
Doch oans, da stinkt er mir fei scha,
im Lotto, dass i nia drei Dreier ha.

I habs amal im Radio ghört!

Wiar i grad in mein Auto sitz
und gmüatli durch die Gegend flitz,
da drah i mir des Radio auf,
ja für wos hätts denn sunst sein Schrauf.
Da hearst scho manches in da Früah,
an Gsang, a Musi des passt mia.
Und zwischndrei des Neiest no,
do lus i iatzat oba scho.
A „Steinmehl“ gibts so song de Leit,
in Östreich hands do bsunders gscheid.
Se mochand aus de Stoana Mehl,
do net fürs Brout, denn da wars fehl,
da beissat mar se d Zähnd grod aus,
a anders Gschäftl mochans draus.
Se essns und verkaufans no
und moand, da waarns iatz richtig dro.
Denn des bringt eah des ewig Lebm,
an Jungbrunn songans dat des gebm.
Zum Wejtabbrecha mechtns bleibm,
drum doants des mit den Stoamehl treibm.
Se schickans in de ganze Wejt,
do freili um a teiers Gejd.
Ja, ja des Stoamehl hot sein Preis
und man verkaufts scho zentnerweis.
So hat der Mo im Radio gsogt,
sogoar a Scheich hot scho drum gfrogt.
Se schickns aa ins Königshaus,
vertreibt eah d Gicht und manche Laus.
Man sogt und des is wirkli woah,
es hejft sogar geng graabe Hoa,
und aa de Baam wern wieder gsund,
da mecht i aa an etla Pfund.
Für mi, für d Baam und für oi Leit,
dass uns des Lebm no bessa gfreid.
Doch oa Gedanke mocht ma Schmerz,
am End verstoanerts uns des Herz.

S Autogschäft

Mia habma uns a Auto kauft,
des oid hat nimma zong,
drum sama in a Werkstatt groast,
a neis glei zon Dafrong.

An Benz wennst host bist auf da Wejt,
so sogt der guate Mo,
doch grod für den, der so an Stern
dann aa berappeln ko.

Mia habma unsern Karrn iatz gschwind
no dreigebm als Präsent,
er hot a weng an Hirnscho(d)n ghobt,
do s Liacht, des hot no brennt.

Da Handl geht iatz hin und her
bei dera Hitz de s hot,
er steigt wia s Wetta grod so is
schier auf ra dreißig Grod.

Zletzt habma uns no zsammgrauft hoit
wia d Handler aufn Gei,
doch kannst koan Stia net drotauschn,
de habm dafür koa Hei.

Da derfatst glei a Stucka fuchzg
ins Autohaus hitreibm
für so an kloan Mercedes Benz,
dann kriagatst am End d Reibm.

Beim Doktor

Zum Doktor wennsd geh muasst,
mei do derfst di gfrei,
woaßt net wos dir blüaht dort,
wos oisse wird sei.
Er sticht di und zwickt di
und messt d Tempratua,
Wehwehchen, Delikte
findt er oft grad gnua.
Wia gehts denn so, sogt er,
mi(t)m Schlof, Appetit,
bist doch na so allweil
a kloans bissl fit?
Iatz mess ma an Bluatdruck,
geh hob di moi staad,
net dass zletzt am End dann
is oiss wieder z spat.
Schaung moi weng an Zucker
und Cholesterin,
denn grad söcha Sachen
sand heutzutags in.
Drauf sag i, liabs Dokterl,
wos bejdsd dir denn ei,
bei mir is oiss bestns,
da derfst di scha gfrei.
Doch wiasd du iatz hoaßt grad,
kimmt mir net ins Hirn,
mei des is a Kreiz scha
mit den spekuliern.
Kann d Leit oft net nenna,
woaß oft net an Nam,
des is doch koa Krankheit,
wia i mi da scham.
Doch sonst bin i wirkli
na kreizbumberlgsund,
grad oftmois da zwickts mi
und woaß net den Grund.

Drum Dankschee, mei Herrgott,
dassd d Doktorn hergschickt,
de wern des scha finden
wos uns oft grad zwickt.

S Goaß-Liadl

Da Goaßbauern Giargl
der hat hoit sei Freid,
wenn d Goaßn fest heberln,
da Gugaza schreit.

Dass d Goaßmilch so gsund is
s liegt an der Natur
und der, der gsund lebm mecht,
trinkts olle Dog pur.

De Goaß is de Kuah von de
ganz arma Leit,
drum kauf dir a Goaßal
und du hast a Freid.

Und iatz habma gsunga,
a Liadl auf d Goaß,
sis net grod recht geistreich,
a bisserl a Gspoaß.

De „Richtige“ fürn Naz

Scha längst hätt i moi Oane braucht,
Oane de nützlich is,
ja Oane de net stinkt und raucht,
de dat mi gfrei ganz gwiss.
Doch sovej Angebote, Leit,
wias mia daher bracht ham,
de bringan mia koa bsondre Freid,
denn koane waar mei Traam.
De Erste, du mei liaba Ma,
hat ghobt zvej Speck und Gwicht,
da denk i mir glei zvorderst dra,
„Naz, sowos nimmst du nicht!“
De Zwoate schaut mi herzlich a,
a Schmoigoaß hint und vorn,
mit deara bist armselig dra,
hätt boid mei Schneid verlorn.
Auf oamoi han i oane gsehng
und des waar gwen mei Gusta,
an der waar ma scha ebbse gleng,
hätt ghabt des scheenste Musta.
De Hoa schee braun und schwarz meliert,
de Lusa grad aufgstellt,
mei de hätt mi fei boid verführt,
doch woher nehma s Geld.
Da Vata sogt, „Bua schau das zsamm,
mechst du de mitn Boat?
Und ob mia aa des Fuada ham,
hernach duats dir ment load.
Und Leistung bringst gwiss aa net zvej,
des sehgt ma ihr scho a,
drum Naz, i bitt dich, sei net z schnej,
mit der bist net guat dra.“
Doch i han glei d Monetn zäjht
und des, des is koa Gspoaß,
da Handla, der hat iatz mei Gejd,
und i – i han sei Goaß.

An Bock han i gschossn!

An Bock han i gschossn,
doch gfrein duats mi net,
des derf grad a Schütze
dem s Jagern zuasteht.
Doch de kriang vor mir iatz
an grauslichn Schreck,
denn i schiaß ja meistns
de größan, schwarn Böck.

Stress

An Stress mochst da selba,
koa Zeit is dran schuid,
denn allweil pressierts dir,
hast goa koa Geduid.

Sei net goa so gschusslat,
dafür kriagst koan Dank,
auf d letzt bist dann zsammgsprengt,
elendig und krank.

Ballade vom Brei Sepp und sein Hund

Der Brei Sepp geht die Straß entlang,
sei Hund der geht daneben.
So gehen beide Schritt für Schritt
hinauf bis auf die Eben.

Sie gehen schnell, man glaubt es kaum,
viel schneller als a Schnecke
und dieses Tempo halten sie
auch durch die ganze Strecke.

So wandern sie und gehn die Zwei,
und das bei jedem Wetter
und bleiben recht gesund dabei
und werden auch nicht fetter.

Drum liebe Leute wandert viel,
denn wandern hält gesund.
So kriegt ihr auch a Sportsfigur
wia da Sepp mit seinem Hund.

Da Sepp marschiert na allerweil,
da Hund hat s Zeitlich gsegnet,
i wünsch den Ma des Allerbest
wenn er mir oft begegnet.

Schwarz Lois

Gartenidyll

Der Hasi Hoppe – Mümmelmann
und s Miezikatzerl Sissi dann,
da Terrier Flocki aa dazua,
d Johanna no in selger Ruah.
Im Gartn bei de Baam und Gras,
im Sunnschein da wird koana nass.
A Lager habm sich de Vier baut,
mei da da habm de Vogal gschaut!
Da Flocki denkt, der Sauhund der,
gell, da bin „I“ fei heit da Herr.
Und knurrt zum Hasi Mümmelmann
„du stolzes Viech, schau wos i kann,
und hebt saufrech sei Hax auf d Heh
„iatz hats dich glei, Juhe – Juhe!“

Mittel zum Zweck

Vej Mittel gibts im Hausgebrauch
für d Arbat, Schmerz und Weh,
dazua muasst je nach Sinn und Zweck
in rechtn Platz hingeh.
Des Oane kannst beim Krama kriang
und oft ebbs woaß Gott wo,
für wosd hoit grad des Mittel brauchst,
vej Zeit hängt oft scha dro.
Brauchst iatz a Putz-, a Schmerzmittel,
oft kennst di nimma aus,
a Schönheits- oder Schlafmittel,
wia kimmst am bestn draus.
A Fuatta-, Dünger-, Lehrmittel,
oft brauchst ebbs olle Dog,
und Abführ, Treib- und Kurmittel,
de Mittel sand a Plog.
Und oft brauchst an Vermittler goa,
der dirs vermitteln duat;
na pfüat di Gott, da hast mi gern,
da steigst ma glei am Huat.
Und teua is des Mittelzeig,
des is ja nimma schee,
so sogt da Mittabaua z Reith,
könntst glei zum Dokta geh.
Doch bist du amoi mittellos,
derfst net lang spekuliern,
da kriagst dann eh koa Mittel mehr,
brauchst gar niggs mehr probiern.

Auweh – !!

Jahrzehnt hot er mi scho begleit',
hat für mi s Letzte gebm
und hat sogoa mei Schönheit gstärkt,
ja wen soi des net hebm.
Recht bissig oft, doch hanen braucht
oi Dog durchs ganze Joah,
i han mia denkt mia bleibm beinand
bis hin zur Todnboa.
Dabei is er mir untreu worn,
schmerzt mi in Mark und Boa,
a ents Trum Loch in mein Gebiss,
wos soll i denn grod toa.
Iatz is er hi, mei Zahn der guat,
den hams ma aussazong,
i han des nimma ausghoitn,
habm uns net mehr vertrong.

Hoamweh

In d Fremd möcht s Maral aussi geh,
so volla Freud und Schwung,
sie stellt sichs voa so wunderschee,
sei Herz is no so jung.
Und scho ziahgts aus da Hoamat fuat,
do draußd wirds gwiss recht schö,
weils in da Fremd ganz anders duat,
drum mog si gern fort geh.
Sie denkt sich des scho richtig aus,
da kannst hoit gar niggs doa,
a Lehrzeit in an Bauernhaus
des steht ihr iatz bevoa.
Da Gäubodn dat ihr so stark gfoin,
des bild a sie hoit ei,
weils dort so scheene Höfe ham,
drum schnürts des Ranzal glei.
Ja Straubing is a scheene Stadt,
des woaß iatz s Maral scho,
doch wenn ma recht vej Hoamweh hot,
da schauts di traurig o.
Recht vej hätts dortn lerna woin,
doch waar sie dort boid gstoam,
wenn olle Dog die Tränen foin,
do denkt sie nur noch hoam.
Ja wer a so a Hoamat hat
en Bayerwoid herin,
der pfeift scho auf die schönste Stadt,
den ziahgts nur hoamwärts hin.
Denn nindascht san de Bam so grea,
koa Bleamal blüahn so schee,
als do herin en unsan Woid,
do kannst ja schier net geh.

Des Ding

Ha sog, da Dings der hot mi gfrogt,
beim Dings do drentn hot er gsogt,
ob si, de Dingen, des na woaß,
vergessn duasd scho jedn Schoass.
Dass i gschled iatz net nenna ka,
da bist fei scha elendig dra.
Ja mei, weil niggs mehr funktioniert,
mei Hirn ghört aa scha pensioniert.
So sogt da Dings vo Dingsdaha,
du kannst di no so windn, drah,
am Oiter liegt des alloa net,
weils anda Leit genau so geht.

Da Mantl

Ja Sachen gibts, dass d moanst de gibts goa net, wia zum Beispiel i amoi beim Friseur mia d Hoa hab richtn lassn.

Des is an ran Samstag gwen. Am Sonntag dann bin i mit meina neia Frisur in d Kircha zum Hochamt ganga und ausgrechnet vor da Kirchatür sogt a Frau zu mir: „Is des dei Mantl, dens du heit anhast?“ „No freili“, sog i, „wos denn sunst.“ Na, hots gsogt, „I moa, da täuschst di, der Mantl ghört mia.“ Au, bin i daschrocka, tatsächlich han i vom Friseur an foischn Mantl hoambracht. Ja und weil er de gleiche Farb ghabt und so ähnlich wia meina ausgschaut hat, hab i den Diebstahl goa net gspannt. Mei Liaba, des is a gscheite Blamasch gwen.

Seitdem schau i mir des Zeig scha genau an, eh dass i wieda a fremds Trum mitnimm.

D Feuerwehrseniorn

Die Feuerwehrseniorn im Land
mei de sand scha auf Draht,
weil jeder doch, und gwiss iss woah,
vej gnua Erfahrung hat.
Sand allerweil recht flott und stramm
so voll Elan und Schwung
und heit aa no trotz etla Jahrl
im Geist recht frisch und jung.
Hamd glöscht dereinst gar manchen Brand
im Einsatz bei der Wehr,
doch des is heit no lang net goa,
des Löschn wird na mehr.
Sie löschn Werk- und Feierdog,
grod wia de Feste foin,
stets voller Unternehmungsgeist,
doant se an Frohsinn hoin.
Oft mochans Ausflüg zweitast fort
und wenns dahoam a brennt,
weil koana mehr von de Seniorn
heit no an Notfall kennt.
Sehgts so a Zsammhoit is ebbs wert,
den gibts net olle Dog,
ja die Seniorn der Feuerwehr
stehn über Stress und Plog.

Bruadaherz

Werftsn dennerst glei in d Doana ei, hot da Albert gsogt, wiara in Urlaub hoam kemma is vom Militari. Den kloana Hansi hot er gmoant, sein Bruada, des da dreizehnte Bankert im Weberhaus gwen is. So wias damals des Sailer-Anwesn ghoaßn hambd.

1894 is des gwen. Zwanzg Joah is da Albert damois scha oid gwen. A stolzer Soldat in Uniform. Wiara voller Erwartung und Freid die elterliche Bauernstubm betretn hat, is, obwohls eiskoit gwen is draussd, da Ofa net amoi eighoazt gwen. Ganz fremd und komisch is des dem Urlauber viakemma. Da hert er vom Stübe, in des ma von da Stubm aus eigeh hat könna, a Quakats und a Kindergschroa. Wia er dann deara Sach aufn Grund ganga is, liegt d Muatta mit dem kloana Schreihois im Kindsbett. Koa Wunder, dass der fesche Offiziersanwärter a so dakemma is bei dem unerwarteten Empfang von sein dreizehntn Gschwistrat, dass eahm glei de Bemerkung aussagrissn hat: „Scho wieder oans, werftsn dennerst glei in d Doana ei."

Nach der Begrüßungsgaudi hat der gschockte Albert fluchtartig sei Elternhaus verlassn und hat sich in dem Urlaub dahoam nimma blicka lossn. In späterer Zeit habm sich de zwoa Brüada doch recht guat leidn könna und da Albert is mit seiner Familie na öfter zum Hans in sein elterliches Anwesen in Urlaub kemma.

Und die Moral von dera Gschicht:
Wenns an Hansi damals in d Doana eigworfn hättn, dann waar i heit a net auf da Welt, weils dann für mi koan söchan guatn Vater gebm hätt. Dann hätt i aa des Gschichtl net schreibm könna.

Senioren

Senioren gibts in jeda Gmoa
wenn i so spekulier,
wos sand denn des für Leit nur grad,
i moa, des san ma mia.
Ja wahrhobm mecht ma des net leicht,
es wird hoit neamd gern oit,
doch bleibt im Lebm des koan daspart,
wenns uns aa net grad gfoit.
Man muass hoit s Beste mocha draus
und niamois resigniern,
dann hat aa s Alter no an Stern,
net allweil d Sorgen schürn.
Es gibt doch an Seniorenclub
mit lebensfrohe Leit,
leicht kann ma dann vergessn dort,
wia schnej dass rennt de Zeit.
A ewige Jugend gibts hoit net,
Leit stellts enk des grad voa,
da gabs koa Oma, Opa net
und aa koi graabe Hoa.
Zu wem dan d Enklkinder dann
mit ihre Sorgen geh?
Und Leitl sogts es selba grad,
des waar doch aa net schee.

Des han i iatz davo!

A jeds Joah des ma älter wird
des gspürst am ganzn Gstej,
es zwickt di hint und vorn oft scha,
da Wehdam kimmt meist schnej.
Ob des iatz d Venen, d Boana sand,
da Bluatdruck, Cholesterin,
a s Hern und Sehng wird zum Problem,
is nimma gar zvej Gwinn.
Bei mir losst d Sehkraft aa scha aus,
i muass zum Dokta geh,
der moant z guat Letzt „mei liabe Frau,
des is zwar net grad schee,
sie brauchatn a Repratur,
des is ganz gschwind vorbei,
wirst sehng die Augn de wern auf d Letzt
schier grad wia noglnei.“
Na ja, de Operation
de is dann ganz schee glückt,
iatz kann i wieder bestens sehng,
doch hats a wengl zwickt.
Wia i drauf in den Spiagl schau,
ja bin des wirklich „I“?
A Gsicht voi Foitn schaut mi a,
des is koa Freid für mi.
Da denk i mir, des hast davo,
iatz sehgst as ganz genau,
hättst di net operiern lossn,
hast gmoant, du waarst so schlau.
Da datst aa dann dei Foitngsicht
net so gnau sehng ganz gwiss,
des kimmt davo, wenn ma oiwei
goa so voll Neigier is.

Seniorentreffen

Grüaß Gott, Senioren, des da seits oizsamm,
guat dass mir uns treffan und uns wieder ham.
Schee staad wern ma älter so is hoit des Lebm,
gar oft wirfts di nieder und oft duats di hebm.
De Zeit mocht uns staader, des müass ma versteh,.
s geht uns net alloa so mi(t)n Schübe muasst geh.
Man derf si net aufgebm und net resigniern,
net allerweil jammern, mehr Lebensmuat spürn.
Und wern aa scho grablat und liachter de Hoa,
doch bitt ma an Herrgott na um etla Joah.
Heit loss mas uns guat geh, des bringt doch a Freid,
zählts net de Minutn – uns gehört iatz de Zeit.

Wenn i a Musi her!

Wenn i a Musi her
da springt mei Herz geber.
Ja wenn a Musi spejt
wird glei hejliacht de Wejt.
De Sorng wern gring und kloa,
brauchst goa niggs dazu toa.
Ja d Musi is a Gwinn,
is wiara Medizin.
Sie bringt a Freid ins Lebm,
duat gern an Frohsinn hebm.
Und erst a Gsangl na,
bist glei guat drauf und dra.
Derfst di von Herzn gfrei,
wer könnt do grantig sei.
Dats goa koa Musi gebm
war traurig unser Lebm.

Seniorenschnaderhüpfl

Text: Sofie Zellner
Melodie: Maria Wimmer

1. Die O-mas und O-pas de sand heit auf Draht,
   sie mochan an gsundn Sen-io-ren-sa-lat.
2. A kloans bissal Frohsinn a wengal an Schick,
   net gar zu vej Schärfn, dann taugts scha zum Glück.
3. Ge-würzsoiz und Pfeffer des gibt no a Schneid,
   a kloans bisserl Rastn, denn oiss braucht sei Zeit.
4. Schee hergricht und zsammzupft und sauber verziert,
   a bis-serl a Farb no und guat zsammfrisiert.
5. Da-zua no an Liabstock, den brauchst überoi,
   ja weil ma grad s Best in Sa-lat mischn soi.
6. Und drauf ghört a Zwiefe a wengal ebbs Süaßs,
   ja so stelln die Omas an Dressing auf d Füaß.
7. Moi süaß und moi würzig, a kloans bissal raß
   und glei hin-ter-drei na a zünf-ti-ge Maß.
8. Ja Lei-tl iatz sehgts es echt ehrlich und grad,
   is des net a gua-ta „Sen-io-ren-sa-lat“.
9. Sen-io-ren wern braucht heit, sie wern oiwei mehr
   und stelln z guater Letzt gar d Regierung na her.

Gedanken fürs Album

Erinnerung macht Menschen froh,
doch immer ist dies nicht grad so,
denn manchmal kanns auch schmerzlich sein,
schaust du so in dein Album rein.
Da siehst du die Vergänglichkeit –
wie schnell entschwindet doch die Zeit.

Ins Album

Gar manches Verslein schon entstand,
in dem sich Wort zu Worte fand.
Doch diesmal solls fürs Album sein,
für dich besonders lieb und fein:
„Ein Engel möge dich beschirmen
bei all zu rauhen Lebensstürmen.
Auch Frohsinn, Glück und Wohlergehn,
sie sollen dir zur Seite stehn.
Dazu wünsch ich noch Sonnenschein,
drum schreib ich dir ins Album rein."

Geburtsdog

Steht grod so dei Geburtsdog a,
da müassns oiwei frang,
sag, wia oit bist du iatzat scha,
des schlogt si aufn Mang.
Drauf sog i dann, des is a Kreiz
und kann di net stark gfrei,
genau kann i des fei net song.
des ändert sich oiwei.

Geburtstagsgrüße

Grüaß Gott zum Geburtstag
des mecht ma heit song,
a kloans bisserl Sunnschein
ins Fest einatrong.
Drum gibts iatz a Verserl
für di voller Schneid,
von uns mitnand ausdenkt
dir z Ehren iatz heit.
Habm uns recht fein zsammgricht,
schee sauber, modern
und grad wegen deiner,
mia möng di doch gern.
So stehn ma vor dir iatz,
doan schee gratuliern,
hernach mecht ma aa no
dei Tortn probiern.
A Gschenk zu dein Festdog
des habm mir dabei,
es soll di, so denkt ma,
a kloans bisserl gfrei.
A Bitt na zum Herrgott –
de schick ma auf d Heh',
er soll auf di aufschau
und guat solls dir geh.
So dassd dein Geburtstag
derfst feiern wia heit,
in Frohsinn na recht oft
mit ganz liabe Leit.

Priesterjubiläum
Für geistlichen Frauenbund-Beirat

Net jeda Dog der aufasteigt
bringt uns a Freid im Lebm,
net jeda Dog kann uns a Sunn,
an blaua Himme gebm.
Doch oftasmoi sticht so a Dog
hoit außa mit sein Glanz,
bringt uns a weng a Liacht ins Haus,
an kloana Bleamekranz.
Und so a bsondra Dog is heit
für uns und unser Pfarr'
und unsern Jubilar zu ehrn
für fünfazwanzig Priesterjahr.
Ja fünfazwanzg Joah Priesterlebm,
s war gwiss net immer leicht,
de lange Zeit im Dienst des Herrn
und manches auch erreicht.
Du, weide meine Lämmerlein,
so hat da Herrgott gsogt,
doch nach de schlimma Sündnböck
da hat er goa net gfrogt.
Drum mecht ma mia heit „Gelt's Gott" sogn
und Dank dem Jubilar
für alle Müah und manche Plagn
de langen Priesterjahr.
Und bsonders dankt der Frauenbund
sein Pfarrerbeirat heit,
mia moch ma eahm ganz gwiss oizsamm
de ollergrößte Freid.
Er hot doch net vej Kreiz mit uns
und wirklich net vej Plag,
braucht hi und da grad zuastimma,
uns beisteh mit sein Rat.
Mia mecht man lang no bei uns hobm,
wenn er a weng pariert,
versprech ma unsern Beirat dann,
dass eahm net vej passiert.

Doch weil a so a Priesterlebm
so lang scho vorm Altar
net allerweil grad Sonnenschein
und Liacht und Freude war,
drum derf des Fest a gfeiert wern,
des hat scho echt sein Grund,
da stimmt de ganz Pfarrei mit ein,
net zletzt der Frauenbund.
Wolln Gottes Segen auch erflehn
für unsern Jubilar,
für Gsundheit, Freud und Schaffenskraft
noch für vej Dog und Jahr.

Genesungswünsch

I wünsch da s Ollerbeste
heit für dein scheena Dog,
a kloanes Bröckerl Sunnschei
min Weh net goar z vej Plog.
Dassd recht boid wieder gsund wirst,
dann wird d Wejt doppelt schee,
denn oiße is vergänglich,
oiß muass ja wieder geh.

Zum Geburtsdog oiß Guate
mei Kinderl, mei Stern,
schau her, olle Leitl
de habm di so gern.
Vej Frohsinn und Sunnschei
soi da Herrgott dir gebm,
na recht vej Jahrzehnte
weit ei in dei Lebm.

Zum Geburtstag

Vej Freid und vej Sunnschei
min Wehdam koa Plog,
zu deine vier Zwanzga
no vej guate Dog.
Mia wünsch ma dassd allweil
vom Bett außa kannst
und dassd di gar niamois
in Trüabsinn verfranzt.
Mia wünsch ma dir Bleamal,
de di a weng gfrein,
mia wünsch ma dir Menschn,
desd recht guat kannst lei(d)n.
Zum Essn da brauchst net
mehr gar so arg vej,
zum Trinka des Beste,
des mocht a guats Gfejh.
Des waarn unsre Wünsche,
es gab no vej mehr,
und iatz mecht ma feiern,
doch moch da koa Gscherr.
Du bist heit de(r) Höchste
in unserem Kreis
und dass ma di möngand
des is scho Beweis.
Weil mia oizsamm do sand,
ja schau uns nur a,
wos so a Geburtsdog
oiss orichtn ka.

Zum Achtziger für meinen Mann Theodor

Ich alter Ochs bin iatz achzg Joah,
so sagt der Thedi – Theodoa.
Dabei fühlt er sich na so jung,
sei Herz mocht oft an kloana Sprung.
Duat gern, du mechst as gar net ahna,
no auf de junga Diarndln zahna.
Und Ausflugsreisn mocht der Ma,
aa wenn sei Wei oft nimma ka.
Da losst er d Arbat – Arbat sei,
eahm duat ja echt des Bummeln gfrei.
Und oiss wos in da Gmoa passiert,
moanst, dassn des net intressiert?
Wenn oisse klappt, na Gott sei Dank,
sonst waar der Ma fei sterbatskrank.
Doch s Aufsteh in da Herrgottsfrüah
des gfreid an Thedi fei gar nia.
Lang gnua, sagt er sich, bin i grennt,
hätt aa oft gern no a weng pennt.
Baugebiet, Fernwassa, Straßn, Sport und Schuihausbau,
dreißg Joah am Ruada, i woaßs gnau.
Han Lob und Schimpf kriagt, spekliert er oft,
und heit is na koa Ruah, weil oiwei s Wei aschofft.
Und grad des Wei mecht eahm iatz song,
sie mog ihrn Mo no lang vertrong.
Wer dat denn sunst de Arbat mocha
und oiss richtn wos so brocha?
Wer dat gschwind eispringa in Küch und Goartn,
wo hundert Handgriff auf oans woartn?
Und wem könnt sie ihrn Kummer klagn,
wenn tausnd Wehdam sie oft plagn?
Drum Herrgott, gell, i bitt die scho,
loss mir recht lang mein Thedi na.

Für meine Schwester Reserl zum Achtzigstn

Mei Schwester des Reserl
i sogs enks ös Leit,
de hot heit Geburtsdog
und des is doch gscheid.
Acht moi zeha Jahrl echt,
da Herrgott hats gschenkt,
bewegte Jahrzehnte
wenn mans überdenkt.
Mit Höhen und Tiefen
schaust grad a so zruck,
schlogt sich bis zur Kindheit
ganz hoamlich a Bruck.
Als ganz kloane Fratzn
da hots ma oft gwurmt,
„sie“ war stets de Beste,
hot oisse sche gfurmt.
Is allweil de Brava,
de Schüchterne gwen,
„sei staad“ hots zu mir gsogt,
muasst net sovej re(d)n.
Und s Singa, mei Liaba,
mei des war ihr gleng,
wenn i oft recht plärrt han,
so richtig verweng,
dann is der Verweis gfolgt,
so recht aufn Fuaß,
weil i net so lautstark
oiss aussischrei muaß.
Des war ihr oft zwieda,
da hat a si gschamt,
da hätts mi am liabstn
mitn Gsangl vorramt.
Is da Nikolo kemma,
mei do war ebbs los,
sie wollt goa net betn –

wos treib i denn bloß?
Wo i mi darrennt hätt
mi(t)n betn ganz gschwind,
hat sie mi grad ausglocht,
hätt gmoant, dass sie spinnt.
Grad, dass s hoit da Niklo
net mitgnumma hat,
des hätt ihr echt ghört scha,
hätts ghabt sein Salat.
Doch sehgts, liabe Leitl,
dann wars heit net do,
mia könnt ma net feiern,
iatz schauts enk grad a.
Doch iatz her i auf gschwind,
sonst werd i no fad
und s Reserl de sogat
geh sei endlich staad.

Geburtstagsgedanken

Schauts her, unser Nannerl
is iatz scho sechzg Joah,
schaust zruck de Jahrzehnte,
moanst, des waar net woah.
D Zeit losst si net bremsn,
sie geht und geht zua
und wennsd dir aa denkst oft
bleib steh, iatz waars gnua.
Mit zehn Joah, do gfreist di
aufs Feiern gwiss scha,
kriagst Gschenka und Glückwünsch,
bist glückselig dra.
Doch Schlag auf Schlag gehts dann,
zwanzg dreißig Jahrl drauf,
da Vierzga und Fuchzga,
de Zeit hert net auf.
Doch bist du na rüstig,
is d Hoibzeit erst gwen,
so moch draus des Beste
mi(t)n Herrgott muasst re(d)n.
Dass er dir na schenkt iatz
a goldene Zeit,
bis weit übern Achtzga
mit Frohsinn und Freid.
Und mia, wia ma do sand
zum Geburtstagsfest oi,
mia wünsch ma dir Nannerl
dass oiss guat wern soi.
Vor allem die Gsundheit,
da Herrgott solls gebm,
denn dann wär erst s Dasein
a lebenswerts Lebm!

Zum 50. Geburtstag

Iatz schau Marianne,
heit is doch dei Dog
und i steh vor dir da
mi(t)n Festtagsprolog.
Dei runda Geburtsdog
is Auftrag uns heit,
dass mia gratuliern iatz,
habm gern dafür Zeit.
Fuchzg Joah denkst is Hoibzeit
im Dasei, im Lebm,
da Herrgott wird dir gwiss
na scheene Joah gebm.
Dazua wünsch ma mir dir
vej Frohsinn und Freid,
kurzum na von Herzn
a lebmswerte Zeit.

Glückwünsch zum Fünfziger

Fuchzg Jahr vergehngand hoit so gschwind,
des woaß aa heit s Geburtstagskind.
Und no vej gschwinda rennt de Zeit,
is d Hoibzeit um, iatz iss so weit.
Drum loss dir iatz von uns heit song,
dua du dei Zeit inanda trong.
Wos dir da Herrgott iatz no schenkt,
wenn man des grad aso bedenkt,
da auf der lautn rundn Erd,
moch draus des Best, des iss doch wert.

Wünsche

Mia wünsch ma dir Gsundheit,
vej Glück und koa Plog
und net grod alloa heit
zu dein scheena Dog.
Durch d Jahr und de Zeitn,
dogaus und dogei,
da soll di dei Lebm gwiss
na oiwei recht gfrei.

Elf Fünfer

Elf Fünfer schreibst du iatz scho heit
in dein Kalenda ei,
doch des soin aus da Schuizeit net
oi Fünfanotn sei.
Sie zoang dir dein Geburtsdog a
und mia habm des dalurt,
drum san ma mit an Glückwunsch heit
zu dir gschwind einagspurt.
So wünsch ma dir „Geburtstagskind“
glei namoi sovej Joah
und Gsundheit, Glück und liachte Dog
und des net grad a poa.
Doch iatz wennsd ebbs zum Zuzln hast,
am End ebbs zum Schnabliern,
dann derfst uns recht gern einladn,
brauchst di fei net scheniern.

Vereinsgedanken

Vereine gibts in unserm Land
für Leitl jung und oit,
und jeda suacht sich wos er braucht
und wos eahm taugt und gfoit.
Ob Frauen oder Mannerleit,
des is egal und gleich,
auf d Letzt gibts für jeds Mitglied dann
ganz gwiss a scheene Leich.

Gedanken

I nimm oiss wos de Zeit mir bringt
und wias so kimmt oi Dog.
Und oft gibts an kloan Sunnschei goa
und manchmoi ara Plog.
Und wenns oft drunter, drüber geht
gibts zwischndrei a Freid,
weil oiss im Lebm vergänglich is,
af d Letzt zäjht d Ewigkeit.

Träume

Sehgts Träume – de braucht hoit
der Mensch in sein Lebm
und wenns di aa net grad
so allerweil hebm.

Doch Träume desd traamst oft
mit offene Aung,
de lassn uns gern moi
in Himme eischaung.

Erinnerung

Sehg i oft Paare Hand in Hand,
ob oit iatz oder jung,
do steigt d Erinnerung auf d Höh,
dann mocht mei Herz an Sprung.
Ja damals, es is damals gwen,
s liegt zruck scha etla Jahr,
da hamas mia genau so gmocht
wie heit so oft a Paar.
Des hoaßt zwar net, dass mia uns heit
und iatz nimmer verstehn,
doch könn ma net mehr Hand in Hand
wia einst mitnander gehen.
Ja so ebbs is Erinnerung,
de Zeit is längst vorbei,
mei Mann, der muass mit Krückn geh –
„er hot koa Händ mehr frei."

Nützliche Fehler

Ja Fehler, die sind dazu da
stets um gemacht zu werden.
Auch sie haben Berechtigung
im Alltag hier auf Erden.
Ein Leben lang war Sklave ich
von Arbeit, Müh und Plag,
ich dachte mir, das muss so sein,
ob Werk- ob Feiertag.
Hab ich mich ab und zu einmal
zum Schreiben hingesetzt,
dann meinte ich ein Fehler wärs,
hab meine Pflicht verletzt.
Weil Schreiben keine Arbeit ist,
hat mir doch nichts gebracht,
es kommt halt immer wieder vor,
dass man auch Fehler macht.
Doch heute, nach fast acht Jahrzehnt,
ich mein, wer das versteht –
ein Fehler kann auch nützlich sein,
wenn man ihn nur begeht.

Gedanken

Net grad allweil von anda Leit
die Fehler kritisiern.
Net grad allweil de andern Leit
bespitzln – spioniern.
Geh lus moi in di selba ei
schee hoamlich und mit List,
du wirst dich wundern, wos oiss wochst
so auf dein eignen Mist!

Gedanken

Du betst und betst zum Herrgott oft,
so Stundn, Dog und Nacht
und hast eahm deine Sorgen dann
recht flehend hinterbracht.
Drauf sogst dir – hört denn iatz der Ma
mei Betn, Bittn net?
S bleibt oiss allweil beim Oidn so,
hilft denn da koa Gebet?
I moa mia müass ma staader wern,
am End kimmt des dann o,
so dass der Herrgott öfter moi
mit unseroans schmatzn ko.

Mei Feierabndversal

A Versal mecht i schreibm ganz gschwind,
so stell i mir des voa,
doch niggs geht in mei Hirnkastl,
da graupn sich schier d Hoa.
Es losst si niggs dazwinga heit,
koa Geistesblitz leucht auf,
mog i mi na so schindn, plang,
fast kriag i Kopfweh drauf.
Als ersts brauchst a Motiv dazua,
aus Niggs kann doch Niggs wern,
kannst na so spekuliern und flehn,
koa Einfall kimmt, koa Stern.
I moa, i gib des auf z guat Letzt
und loss des Grübeln bleibm,
denn heit is für mi Feierabnd,
net allerweil kannst schreibm.

Gedanken

Auch wenn du meinst, dass alles bricht,
vergiss am End die Hoffnung nicht.
Die Zeit ist kurz auf dieser Welt,
ist es auch oft nicht gut bestellt,
so hält der Herr zur rechten Zeit
bestimmt für dich ein Licht bereit.

Gedanken

B'hoit liaba de Angstn und Sorgen für di,
denn oft ja do schmatzt anran Hackstock grod hi.
Net jeda mog wissen dein Kummer, dei Plog,
hat doch a jeds selba sei Nout so oi Dog.

Gedanken

Aus Liacht und aus Schattn
besteht unser Lebm,
doch mia dan am liabstn
nach Liachtstrahlen strebm.
Denn s Liacht gibt uns Wärme,
mocht heller den Dog,
losst uns leicht vergessn
de Lastn und Plog.
Doch gabs nia an Schattn,
Leit stellts enk des voa,
wo kannt ma dann rastn
und goa niggse toa?
Sehgts oisse wird braucht gwiss
auf unserer Wejt,
da Schattn, wia s Liacht grod
des d Nacht uns erhejt.

So is hoit s Lebm

In Freud und Leid,
dogaus dogei.
Moi Donner, Blitz,
moi Sunnenschei.
Ob gestern, morgen oder heit,
dei Lebm hat oiss für di bereit.
So is des Dasei auf da Welt,
wo Freud und Leid abwechselnd zählt.
Doch hoit di fest und gib net auf,
sis doch wiasd sehgst dei Lebmslauf.

Auf d Nacht

Schee langsam wirds Zwieliacht
und staader wird d Wejt,
koan Vogl herst singa,
grad s Feierabnd zähjt.

Lauwarm waht a Lüfterl,
a Sommernachtstraam,
da Mond wirft sein Schimmer
scha boid über d Baam.

Wer woaßs wiavej Elend
de Nacht heit zuadeckt,
gib du, liaba Herrgott,
dass d Sonn uns na weckt.

Zeit zum „Pfüa-Gott-song“

Text: Sofie Zellner
Melodie: Maria Wimmer

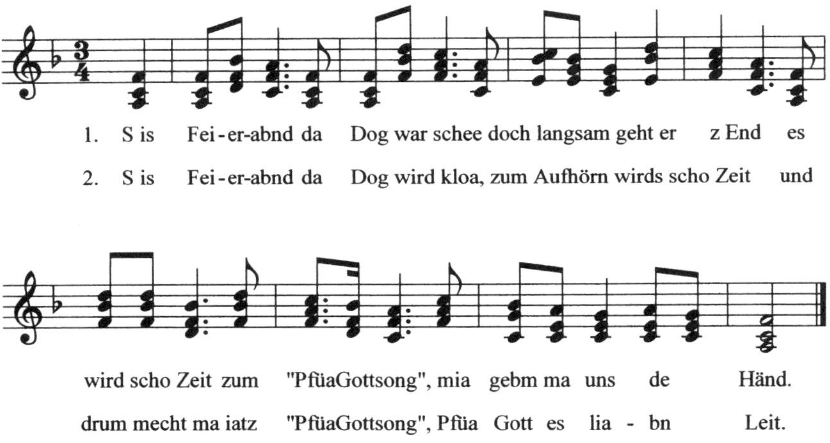

S is Feierabnd – mia song ma Dank
dir Herrgott für den Dog,
lass uns de Morngsunn wieder schau,
vergessn Sorg und Plog.

Gedanken

Ja oiss hat sei Für und sei Wider
in unsern so drabign Lebm,
oft hebts di und oft wirfts di nieder,
muasst allweil
da Liachtn zuastrebm.

Mei Wunsch, liabe Leitl,
für enk iatz no heit
zum Feierabnd schee langsam
a gmüatliche Zeit.
Doats rastn, verschnaufa
und gfreids enk a weng
und seits mit enk selba
oft net goa so streng.

S Betn

Dass s Betn oft an Arbat is
woaß mancher Mensch gwiss scha,
weil ma net grad zu jeder Zeit
mi(t)n Herrgott schmatzn ka.
Gedanken flattern hin und her,
du muasst di ehrlich plong,
ob ebba des koa Arbat is?
Mecht i di iatzat frong.

Verflixte Schreiberei

A oanzigs Buach, a oanzigs,
a oanzigs wollt i schreibm,
ja bei dem oana Büachl,
bei dem, do sollts dann bleibm.
Dabei konnt i net aufhern,
is gwen wia d Sucht für mi,
sie hat mi triebm und antriebm
oi Dog, „die Poesie“,
und boid sands zwoa und drei worn,
han gschriebm und gschriebm grad zua,
die Themen auf und nieder,
han nimmer kriagt a Ruah.
Vej Gschichtl und Gedichte
von früher und von heit,
so zum Spekliern und Lacha
für Oid und Jung zur Freid.
Und mittlerweil sands neun worn,
doch zehn, song d Leit sollns wern.
Woaß net, ob des no ausgeht,
ob mia de Joah na ghörn.

Danke – danke, lieber Gott,
i hans no gschafft –
des zehnte Büachal.